KB119566

『한 스푼의 시간』의 발간 준비를 하던 도중,
인류 VS 알파고 세기의 바둑 대결이 벌어졌던 게 엊그제 같은데
어느새 세상은 챗GPT와 미드저니 등
날마다 한계를 갱신하는 인공지능을 갖게 되었습니다.
변화의 속도를 따라잡기에도 턱없이 부족한 시절에
동네 세탁소 로봇의 소박한 이야기를
오래도록 찾아주시고 읽어주셔서 감사드립니다.
눈부신 발전의 한복판에서도 저마다 잊지 못할
소중한 한 줌의, 아니 한 스푼의 시간을
간직하셨으면 하고 바랍니다.
고맙습니다.

— 2024. 4. 具竝模

한 스푼의 시간

구병모 장편소설

한 스푼의 시간

위즈덤하우스

차례

평균 연령 20세가량의 빌라 골목이다. 엊그제 막 신축이 끝나 건축 자재와 도배장판 냄새가 나며 카드키를 댈 때마다 LED 센서가 발광하는 빌라 옆으로, 마당에는 감나무가 서 있고 장마철이면 때때로 물이 차는 반지하방마다 서로 모르는 이들이 세 들어 사는, 40년 가까운 2층 주택이 나란히 자리한 식이다.

그 사이사이 빌라들 옆으로 늘어선 상업 건물들은 모두 4층 미만이며 1층을 제외한 나머지는 원룸 형태의 주거 공간이다. 방문 판매 전용 화장품 업체 사무실과 이바지나 각종 행사용 맞춤 떡집, 늘 열린 문으로 파마약 냄새를 뿜어내며 치자색 수건을 여남은 장 널어놓은 건조대를 입간판 옆에 세워두어 통행에 불편을 주는 미용실, 만(卍) 자 간판이 반쯤 떨어지다 뒤집힌 지 오래이니 신기라곤 다 빠져나갔을 게 틀림없는 점집 옆으로는 미니슈퍼와 문방구. 조금 떨어져서 담 밖으로 화살나무 가지가 우거지고 외벽의 담쟁이넝쿨이 서로 뒤엉킨 3층짜리 다세대는 무의탁 여성과 독거노인들을 부양하는 가톨릭 공동체의 봉사 시설이다.

그 골목 중간에 있는 세탁소 안으로, 택배기사가 폭 1미터 높이는 2미터에 이르는 상자를 들고 나타난다. 문을 밀고 들어오다 상자가 걸리자 기사는 투덜거린다. 골목이 좁아 탑차를 초입에 세워두고 여기까지 이 커다란 걸 둘러메고 왔다는 것이며, 택배 상자가 규격을 초과하여 수작업으로 분류한 수고로움에 대해서도 토로한다.

"웬만하면 헬스는 직접 다니시지, 집에다 이 커다란 거 들여놔봤자 우리 큰애도 빨래걸이로나 쓰고 짐만 된다니까요. 집까지는 또 어떻게 들고 가시게."

드라이클리닝기에 넣기 전 비스코스 블라우스의 큐빅 단추를 일일이 포일로 싸매던 참인 명정은, 점포에 들어서자마자 방언처럼 터지는 택배기사의 불평에 어리둥절한 표정을 짓는다. 사는 데야 바로 이 건물 3층이니 올려달라 하고 싶지만 당최 이 물건이 무언지도 모르겠고 기사의 표정을 봐선 거기까지 부탁할 수 없겠다. 아닌 게 아니라 이만한 크기라면 러닝머신인가 싶다. 태어나 지금까지 통신판매로는 아무것도 사본 적 없는 명정은 배송이 잘못된 모양인데 누가 보낸 물건인가 묻는다. 상자를 눕혀둘 자리가 마땅치 않아 벽에 비스듬히 기대놓고 기사는 주머니 속 운송장 다발을 꺼내 뒤적인다.

외국어가 되어놔서 확실치 않은데, 라고 단서를 달며 기사 입에서 더듬더듬 나오는 건 외아들의 이름이다. 아들이 아비를 위해 뭔가를 보낸 게 이상한 일은 아니나, 문제라면 아들은 8개월 전 자신이 살던 나라에서 또 다른 나라로 출장길에 오르던 중 승객 117명을 태운 비행기와 함께 태평양 한가운데로 사라졌다는 것이다. 소식이 난 지 보름 뒤 바다에서 비행기 잔해가 일부 발견되었고 아비는 따로 장례를 치르지 않았다. 그런데 이제 와 아들이 보낸 택배라니.

냉커피 한 캔을 주고 택배기사를 보낸 뒤 상자에 부착된 고객용 운송장을 들여다본다. 아들의 이름 밑 주소에는 발음하기 힘든, 무언가의 약자라고만 짐작되는 영문자와 함께 전화번호가 나란히 표기되어 있다. 집 주소는 아닌 듯하며 아들이 생전에 다니던 회사일 것이다. 이런 커다란 물건이 바다 건너편에서 세관이나 기타 복잡한 문제를 어떻게 뚫고 여기까지 다다랐는지 모를 일이다.

당시 사고는 아들과 같은 팀에서 근무한다던 한국계 남성이 서툰 한국어로 어름더듬 전해온 소식이라, 명정은 보이스피싱인 줄로만 알고 가까운 파출소로 가서 수상한 발신번호를 조회해달라 했었다. 그때 파출소장이 보던 텔레비전 뉴스 속보에, 사고 소식과 함께 몇몇 한국인 탑승객의 명단이 떠오르고 있었다. 혹시 저걸 말하나 싶은 마음에 후회막급하여 재통화를 시도했을 때는 안 그래도 흘려들은 최초 기별꾼의 이름을 깡그리 잊은 상태였고, 국가코드와 지역번호가 제대로 표시되지 않은 데다 발신 전용 번호인 모양이라 정상적인 통화가 이루어지지 않았다.

사실관계를 확인하기 위해 어디부터 어떻게 뚫어야 하는지 알 수 없었던 명정은 무조건 눈앞의 파출소장을 붙잡고 도와달라 졸랐다. 그로부터 서로 다른 곳으로 수십 통 넘게 연결-전달-이리로 걸어보세요-기다려주세요-확인 후 연락드리겠습니다-의 반복 끝에, 국내 항공사가 아니며 현지와의 소통이 원활하지 않으니 소식이 올 때까지 대기해달라는 통보만을 받았다.

애먼 동사무소 직원들을 들볶아가며 외교부-대사관-청와대 홈페이지에 차례로 호소문을 올렸고, 수개월에 걸쳐 마지막으로 얻어낸 대답은 아드님의 외국 이름을 명단에서 찾아내기는 했으나 국적이 그쪽이라 우리가 후속 처리 과정을 임의로 알아내기 힘들다는 것이었다. 알아낼 도리가 아예 없다는 게 아니라 다만 힘들다는 얘기로 보아, 각종 번거롭고 지루한 확인 절차를 밟는 데 필요한 외교력을 단 한 명의 평범한 자국민에게 낭비하고 싶지 않다는 뜻으로 받아들여졌다.

그 뒤로 명정은 어쩌면 아들이 그 비행기를 타지 않았으며 탑승객 명단은 전산상 오류일지 모른다는 가능성을 접어둘 수 없었고, 또는 이 모든 상황이 물리적 현실의 바깥에서 일어난 일로 자신에게는 속해 있지 않다는 간절한 착각에 시달리는 한편, 언제라도 아들에게서 소식이 올지 모른다는 생각에 단 한 번의 신호음도 놓치지 않고 전화를 받았다. 물론 대부분의 전화는 스팸이었고, 아들을 납치해서 데리고 있다는 전화가 걸려왔을 때는, 수화기 너머의 녹음된 울음소리가 대놓고 어린아이 것인 줄 알면서도 시키는 대로 현금입출금기 바로 앞까지 갔다가 은행 직원의 개입으로 송금 직전에 멈추기도 했다.

그런 상태에서 지금 아들의 이름이 적힌 택배가 도착했다는 것이 뒤늦은 생존신고가 아니란 법 없다. 지금까지 일어난 모든 일은 거짓을 날실로, 착각을 씨실로 엮은 꿈이다. 현실은 눈앞의 운송장에 있다.

명정은 급격히 뛰기 시작하는 가슴을 부여잡고 심호흡하며 택배 상자 앞에 마주 앉는다. 오늘 치 코다론정을 먹었던가, 기억이 잘 나지 않지만 그는 개의치 않는다.

그때 마침 세주가 재킷과 블라우스며 원피스 등속을 한 아름 팔에 안고 들어오다 택배 상자 앞에 묵념하고 있는 주인을 보고 멈칫한다. 세주는 건너편 원룸에 어머니와 둘이 사는 영문과 대학원 졸업자로, 그가 아는 한 이 골목에서 가방끈이 제일 길다.

"이게 그러니까 무슨 얘기냐면…… 죽었는데…… 안 죽었을지도 모른다고. 무슨 소린지 이거 나도 영 모르겠지만……."

그녀는 스피킹은 솔직히 자신 없다고 하면서도, 수량 무관하게 이번 포함 앞으로 10회분의 드라이클리닝을 무료로 제공하겠다는 명정의 말에 선뜻 응한다. 옷 더미를 내려놓곤 믹스커피를 받아 마시면서 전후 사정을 자세히 듣고, 아들이 타국에서 유명을 달리한(것 같은) 데다 시신도 찾지 못했다는 명정의 말에 안색이 어두워지며 깊은 공감의 표정을 지어 보인 뒤, 외국 번호로 전화를 건다.

뭔가 말없이 저쪽 반응이나 교환을 기다리는 시간까지 쳐서 얼추 30분가량 흐른다. 다음 달 전화료 폭탄은 감안해야 할 것이다. 이윽고 제대로 된 관계자와 연결이 이뤄진 듯, 알지 못하는 이국의 발음이 세주의 혀끝에서 경쾌히 구르다가 터지기를 반복한다. 자신 없다더니 웬걸 청산유수다. 요즘 젊은이들은 다 이 정도는 기본인가 보다. 그럼에도 애면글면 키워놓은 여식이 박사 과정까지 수료하고도 결국 갈 곳이 동네 보습학원뿐이더라는 그녀 어머니의 푸념을 지나가는 말로 들은 적 있다. 한 곳에서 15년간 세탁소를 하다 보면 귀를 닫지 않는 이상 원치 않더라도 동네 사람들의 밥그릇 개수 정도는 알게 된다.

땡큐, 땡큐, 바이, 테익 케어. 전화를 마치고 세주가 들려준 얘기는 이렇다.

"이 영문으로 적힌 영문 모를 이름은 인공신경망이 뭐라나 하는 바이오 기계 산업 관련 회사라고 하는데, 까놓고 우리가 척 듣고 알 만한 회사는 아니에요. 애플이니 마이크로소프트니 그런 거랑은 백만 년쯤 떨어졌다고 보시면 돼요. 우리 동네 곳곳에도 알게 모르게 작은 회사들 숨어 있잖아요? 관계자 아니고서야 당최 뭐하는지 모르겠는 회사가 세상엔 더 많으니까요. 하지만 홈페이지는 있어요. 여기 제 스마트폰 보시면 이렇게…… 어라, 링크가 막혔네, 하여간. 사정을 말씀드렸더니 자기네도 어떻게 된 건지는 잘 모르겠대요. 하지만 그런 이름을 가졌던 분이 근무했다는 사실은 확인이 된다고요. 근무 관련 사고사로 그곳 부인이 절차를 다 밟아서 처리하셨고, 도착한 물건은 아마 자기네 회사에서 만든 물건인가 보다 하고. 샘플만 제작하고 기획이 무산된 제품은 직원들이 신청해서 일정 비용만 부담하면 가질 수 있었대요. 주소 적어놓고 포장만 해둔 것을, 사고 후에 그 왜 쓰던

책상 자리랑 사물 정리하잖아요, 동료 직원 아무나가 그 물건을 보고 대신 부쳐준 거 아니겠느냐 하네요. 물건 크기로 보자면 그 과정이나 비용이 장난 아니었겠지만, 동료 의리로 끝까지 책임져줬나 보죠. 그래서 반년이나 걸려 도착한 것 같고요. 그쪽에서 말하길 무슨 물건이 갔는지는 모르겠는데 아무튼 샘플이 맞다면 오래 쓰기는 힘들 거래요. 관련 부품이 더 이상 생산되지 않을 테니까. 게다가 모르는 사람한테까지 뭐 별 얘길 다 하데요, 자기네 회사 자체가 지금 어렵고 존속을 장담할 수 없다고. 아마 잔고장 문제로 수리를 문의해봤자 소용없다는 얘기를 하고 싶었던 거겠지만. 그래서 홈페이지 링크가 깨졌나 봐요."

맞다. 아들은 그곳에서 결혼도 했었지. 명정은 그렇게 하면 깜박해가는 기억력이 돌아오기라도 할 듯 옆머리를 두어 번 문지른다. 언젠가 보내온 편지에 그렇게 적혔더랬다. 부인 될 사람의 사진 한 장 없이 글자로만 전해진 아들의 결혼. 하던 공부를 마치고 싶고 관련된 일도 하려면 이곳에서 계속 살아가야 하고 그러자면 저 좋다는 사람 있을 때 이곳 국민과 법적 부부가 되는 게 최선이라고 했다. 그 뒤로 아이를 낳았다는 얘기는 들어본 적 없으며 그사이 있었던 단 두 차례의 귀국에 부인을 동반했던 일도 없었다.

이제라도 아들의 부인과 소식이 닿을 방법은 없을까. 최근 두 해에 걸쳐 명정이 보낸 네댓 통의 편지에 대답이 없었던 걸 보면, 집은 이사를 한 듯하며 아들이라는 다리가 없이 그 부인을 수소문할 방법은 딱히 없을 것이다. 편지에 적힌 부인의 이름이 뭐였는지도 가물가물하다. 앤디였던가 애니였던가. 주로 너무너무, 미칠 듯이 바쁘다는 내용으로 일관된 오륙 년 내외 묵은 편지들 가운데 몇 통을 뒤져보면 어느 한구석에선가 그 이름이 나오겠지만 아들이 세상에 없는 지금, 한때 관계있었던 타인의 이름이 중요하지는 않다.

그러나 이제 명백해진 것은, 후속 진행과 관련한 모든 과정은 그 부인이라는 사람에게 일임되었으며 업무 처리는 거기서 종결되었으리라는 추측이다. 국적이 다른 아비에게 아들의 소식이 소상히 전달되기를 바라는 건 무리였을까. 법률적으로 우선권을 가진 현지의 아내에게 그 모든 내력이 전달되었는데, 그와 같은 사실을 이 택배가 아니었다면 언제까지고 몰랐을 게 아닌가. 명정은 뜻밖에도 실낱같은 평화가 온몸에 솔벤트처럼 퍼져나가며 마음이 누진해지는 걸 느낀다. 이제 비로소 캣속을 짚어낸 그는 현실을 인정할 수 있는 것이다. 도대체 무언가를 책임지고 싶어 하는 법이 없는 나라님들에게 매달리면서 먼 길을 돌아왔는데, 이제라도 세주에게 전화를 부탁하길 잘했다.

세주가 개봉을 돕겠다는 걸 마다하고 명정은 잠깐 세탁소 문을 걸어 잠근 뒤 벽에 기대놓았던 상자를 바닥에 누이는데 무릎에 찌르르한 통증이 퍼진다. 상자 옆면에는 영문 글자가 잔뜩 적혀 있고 칼 개봉을 금하는 그림 표시가 찍혔다. 실밥을 자를 때 쓰는 쪽가위 날을 셀로판테이프에 얕고 조심스럽게 찔러 넣는다. 사악, 테이프 벌어지는 소리가 귓바퀴를 할퀴자 명정은 문득 비현실적인 두려움에 사로잡히는데, 상자 크기로 보나 무게로 보나 혹여 바다에서 돌아오지 못한 아들의 시신이 들어 있지나 않나 하는 상상이다.

뚜껑을 펼치자 눈앞에 드러난 것은 정말로 시체다. 천만다행으로 아들의 시체는 아니다. 아니, 이런 때는 오히려 아들이었어야 차라리 체념과 애도에 도움되지 않는가. 그나저나 지금은 세상 모든 사람이, 특히 남성이라면 누구 할 것 없이 제 아들 같아 보이는 시기라 치고, 그래서 지금 배송된 시신이 특히 아들과 닮아 보인대서 이상할 것 없으나, 아들은 지금 30대 중반이며 이건 스물도 안 되어 보인다. 일별하자면 많아야 열일곱쯤이겠다. 명정은 아들이 열일곱 살이었던 무렵을 떠올려보려 애쓴다. 키를 보자면 열다섯쯤 못 미치려나, 상자가 그토록 컸던 것은 내부에 또 다른 상자와 충전재가 가득해서였다.

시신은 바로 오늘 세상을 떠난 것처럼 얼굴이 보얗고 팽팽하며 시취 대신 방충제 냄새를 풍긴다. 곧바로 경찰에 신고해야 한다는 생각은 머리 언저리에서만 맴돌 뿐, 명정은 아들이 발견되었다면 꼭 그리했을 것처럼 시신의 뺨에 손끝부터 댄다. 모든 감각과 마찬가지로 촉각 또한 무디어져 사태의 파악보다는 착각을 불러일으키는 나이지만, 그 순간 사람처럼만 보였던 피부의 질감이 사람의 것과는 사뭇 다르다는 걸 깨닫는다. 사람이 죽고 나면 원래 피부가 이렇게 우레탄고무처럼 변하고 마는가. 아니다…… 사람의 시체가 아니다. 그때 그 물건의 등에 깔린 두툼한 흰색 제본지를 발견한다. 해독 불가능한 영문의 홍수 속에서 그는 하나의 단어를 알아본다. ROBOT.

이 골목길 거의 모든 집을 비롯하여 한 블록 건너 작은 아파트 단지들의 세탁까지 도맡아 하는 동네 세탁소에, 최근 어린 알바생이 한 명 들어왔다. 아침 8시에서 9시 사이 옷을 수거해 가는 세-탁- 목소리의 주인공이 바뀐 것이다.

처음 고개를 기우뚱하는 손님들에게 명정은 제 손자라고 능치며 미소 짓지만, 가까이 들여다보면 사람이 아니라는 것을 알 수 있다. 나이 든 손님들은 그 손자라는 것을 가만 보다가 흠칫 놀라며 뒤로 물러서기도 하고, 젊은 손님들은 신기해하면서 한 번 만져봐도 되냐고 주인의 동의를 구한다. 그러면 명정은 "왜 나한테 물어, 쟤한테 물어. 쟤 의사가 중요하지" 한다.

손님은 알바생에게 다시 한 번 같은 질문을 하고, 알바생은 표정 변화가 없으나 실은 고도의 계산 작업을 수행한 뒤 좋습니다, 결론을 내린다. 손님은 척 봐도 고가의 물건에 흠집이라도 내어 물어줄세라 조심조심 뺨을 어루만지다가도, 생각보다 튼튼하다는 걸 알고 나면 나중에는 볼살을 잡고 잡아당기기를 서슴지 않지만 알바생은 눈살을 찡그리지 않는다.

이 동네 사는 그 누구도 상상할 수 없는 물건을 일개 세탁소 주인이 소유했다는 사실에 사람들은 감탄하며 SNS에 퍼나르고, 지역 신문과 케이블 방송국에서 취재를 나오지만 명정은 일언지하 거절한다. 그중 어떤 기자는, 죽은 아들이 보내준 귀한 것을 사람들 하루 치 흥밋거리로 소비시키고 싶은 마음이 손톱만큼도 없다는 주인의 말을 그대로 기사로 내보내는 만행도 아무렇지 않게 저지른다. 거기에 주인이 그 물건을 죽은 아들 돌아온 양 애지중지하는 까닭에 로봇은 문자적 의미를 제외하고도 실로 아들이 되었으며 가족의 기준은 이제 생물학적인 의미에만 있지 않고 완전한 타인과 반려동물에서 한발 더 나아가 무생물에게까지 그 지평의 확장이 가능하다는, 사실 여부가 확인되지 않은 데다 주관적 자의적 평가까지 곁들인 대목도 임의로 첨부한다.

방송이나 미디어가 더 참신한 정보 측면으로 화제를 돌리거나 취재의 묘를 살리지 못한 채 일회분 특집 수준으로 그친 까닭은, 거대 컴퓨터 무기 개발사의 수많은 하청업체 가운데 하나에 불과했던 그 회사가 정말로 문을 닫았기 때문이다. 처음 세주가 전화를 걸었을 때 이미 회사는 도산 상태였던 것으로, 명정은 미디어가 하는 일에 대체로 이를 갈았지만 그래도 그 덕에 새로이 입수한 사실들도 적지 않았기에 그걸로 탕치자며 마음을 다스렸다.

일단 이 물건이 바다 건너편에서 왔다는 점에서 충분히 예상 가능한 대목이었지만, 회사가 더 이상 존재하지 않으니 나중에 하자가 생겨도 수리를 받을 길이 없으며 개인적인 부품 구매 또한 어렵다. 회사는 무기 개발사 납품 당시 고만고만한 수익을 거두고 있었는데, 대표가 좀 소년 같은 데가 있어서 안정적인 회사 운영이나 직원들의 생계 책임보다 자신의 모험심 충족을 우선시하고, 이후 의료용 로봇에 도전하고서도 어느 정도 본전치기는 했다고 하나, 소기의 성과에 고무되어 의욕적으로 사무용과 일반 가정용 로봇 동시 개발에 들어가면서 회사는 장렬히 도산의 길로 접어들었다는 것이다.

이 물건은 그 회사에서 샘플로 제작한 여러 용도와 다양한 인종 및 나이대의 로봇 가운데 하나다. 외형을 최대한 인간과 가깝게 만들었으나 인간형 로봇이란 사람들이 실제로 그것을 상용하는지 여부와 상관없이 이미 수십여 년간 상상 속에서 부풀었다 꺼지기를 반복하며 닳고 닳은 존재로, SF영화에서조차 각별히 매력적인 소재가 아니다. 명정이 갖게 된 이 어린 남성형 로봇은 처음 가능한 대로 17세의 아시아인을 모델로 한 것이며, 17세의 여성 아시아인, 유럽인, 남미인, 아프리카인, 인종만 해도 여럿인데, 나이대로는 더 어린 소년 소녀, 20대, 30~40대, 아기들도 있으니 짝지을 수 있는 모델의 경우의 수는 엄청나게 많다. 젊은 딩크족 부부들의 육아 욕구를 충족시켜주는 아기형 모델은 인종과 성별 불문 현지에서 비교적 인기 있었다고 하며, 20대 이상의 모델은 주로 각종 회사 업무용이나 가사용으로 쓰였다고 한다. 케이블 방송국의 교양부 PD가 오프더레코드로 전한 바에 따르면 17세 소녀형 로봇은 가정교육용으로 외국어 기능이 강화되었으며 각종 하우스키핑에 특화되었으나, 주된 용도는 '남들에게 드러내놓고 말하긴 어렵지만 당신도 알고 계신 바로 그것'이었다고 한다.

이 가운데 누구나 짐작할 수 있듯 가정 및 업무 보조용 성인 타입을 제외한 나머지는 샘플만 시도되고 말거나, 반짝 인기를 얻었던 아기형은 빠르게 몰락의 길을 탔다. 처음엔 그저 예쁘고 사랑스럽기만 했던 아기가 기술이 닿는 한도 내에서 합성 화학물의 분자 구조 팽창 외에 인간으로서 자라지 않는 게 슬슬 신경 쓰이다가 어느 날 작동을 멈추자 트라우마에 시달려 소송을 건 부유한 커플하며, 아기가 오작동이 난 적은 없으나 심신의 변화로 생물학적 자녀를 출산한 뒤 위약금을 물고 반품한 부부들도 있었다.

아기형 로봇은 그렇게 비운의 말로를 걸었다 치고, 이 17세 아시아 남성형 로봇은 애초에 그보다 더욱 쓸 데가 없었던, 상식적으로 생각하자면 온갖 인종과 나이대의 구색을 갖추지 말고 샘플을 만들기 전에 폐기됐어야 할 기획이었다. 회사가 망한 게 이해가 가는 대목이었다. 가사노동과 간단한 업무 외에 창의적으로 쓸 만한 구석을 떠올리기 힘들다는 점에서 20대 이상의 남성형 로봇과 외양 말곤 다를 바 없었다. 17세 소녀형은 교양부 PD가 언급한 내밀하고 부적절한 용도로 뜻밖의 관심을 얻는 바람에 한동안 '지적 무생물'에 대한 취급 윤리를 주제로 하는 논문이 다수 발표되도록 만든 요인이기도 했으나, 17세 소년형은 그런 취미나 욕망 해소 차원에서도 더욱 마이너하여 딱히 어디 끼우기 애매한 별책부록 같은 존재라 돈이 되지 않았다.

어쨌거나 명정은 사람의 형태를 갖추고 제게로 온 것을 방치하거나 내버리기 꺼림칙했고, 자신이 다루기 부담스러운 고가품인 만큼 시청 같은 데다 사정을 설명하고 기증하여 일손 도우미로 활약하게 하거나 지역의 명물로 자리 잡게 할 수도 있었지만, 들여다볼수록 괜히 아들의 열일곱 살 무렵과 닮아 보였다. 아들이 보내왔던 몇 장 안 되는 사진 가운데 세월의 감가상각으로 많이 흐려진 얼굴과 비교해보았을 때 명정은 자신의 생각이 틀렸음을 알았지만 이미 그건 중요하지 않았다.

개발 종류가 많아서 그랬겠지만 그저 ROBOT이 아니라 ROBO-a1318b라는, 무엇의 약자인지 짐작 불가능한 글자와 숫자의 조합이 초기화 당시의 이름이었다. 로봇을 올바른 방법으로 깨워서 기초 환경 설정과 데이터 입력까지 도와준 세주가 사용설명서를 한글로 번역해서 타이핑해주었다. 기능도 다양하고 주의사항도 많아서 생각보다 두툼했고, 명정은 앞으로 그녀 집안이 이사하여 이 동네를 떠나지만 않는다면 평생 드라이클리닝을 무료로 모시기로 했다.

세탁소 문을 밤 9시에 닫고 밤마다 꼬박 3주일을 반복 독파하여 문장은 그런대로 거의 외우는 경지에 이르렀고, 꼭 필요한 기계 공학 관련 어휘들이 나올 때마다 인터넷에서 찾아 익혔으나 그래도 익숙지 않은 언어들이 입속에서 올공거리기만 할 뿐 선명해지지는 않았다. 고작 스마트폰 설명서에도 적응하지 못하고 직관으로 해결 가능한 통화와 문자메시지 외에는 사용하는 법 없는 장년의 자영업자가, 수많은 약어와 기술 용어가 난무하는 로봇 설명서를 완전히 익히기는 무리였다. 그나마도 아들이 이 세상에서 마지막으로 보내준 것이기에 침침해진 눈으로 다한 최선이었다.

그럼에도 설명서를 독파한 끝에 내린 결정이란, 일상생활이야 차츰 들려줘서 배우게 하면 되고 나머지는 뭐가 됐든 기계이니 물과 불에 닿지 않게 조심하면 그만 아니냐는 거였다. 지탱 가능한 최대 하중 압력 값 따위 알 필요 있나, 세탁물 용달차를 머리에 이고 다니게 할 바 아니라면. 처음 로봇을 깨운 뒤 세주가 필요한 환경 설정 옵션을 모두 지정해서 일반상식과 역사를 비롯한 대강의 학습 내용은 이미 입력된 상태였기에 그와 같은 손쉬운 결론을 내릴 수 있었다.

"기본적으로 태양열 받아서 작동한다니까 햇빛 자주 쬐어주시고, 내습도는 최고 수준이긴 한데 물에 완전 담가놓는 건 지양하는 게 좋대요. 뭐 한 달 내내 장마철이다, 이런 때는 내장 배터리를 돌려서 절전 모드로 움직인다고. 근데 평소에 햇빛 잘 받아놓으면 또 그거 적립해다 꺼내 쓰고 그런 시스템인가 봐요. 저도 완전히는 몰라요, 전공도 아니고. 어디 좀 보자…… 기본적으로 내비게이터 켜놓고. 이건 절대 끄면 안 돼요. 공간 인식 자체를 못해서 아무짝에도 쓸모없어지니까. 잠깐만요, 하위 디렉터리 좀 보고…… 별 필요는 없으시겠지만 혹시라도 통역이 필요하시거나 외국어 학습을 하실 때는 여기 프로그램에서 보시면 외국어 활성화, 최대 다섯 개 언어까지 인식 가능하고요…… 참 누가 샘플 아니랄까 봐 고작 다섯 개로 누구 코에 붙인다고. 요즘 세상에는 사람도 5개 국어는 한다고…… 아무튼 과학이면 과학, 수학이면 수학…… 필요한 대로 옵션을 켤 수 있거든요. 근데 분야를 늘릴수록 그만큼 메모리를 잡아먹어서 빨리 고장 날까 봐, 제가 일부러 최소화했어요. 아저씨 지금 뭐 양자역학이나 로그함수 필요하신 거 아니니까, 그냥 일상생활만 불편 없게 해놨어요. 의료 기능은 아저씨 혼자 지내시면서 유사시 필요하실 것 같아 응급처치 수준에서 살려놨고 전문 의학 정보는 꺼놨어요. 어지간한 집안일 같은 건 이제부터 음성 지시만 내려도 알아듣고 실행할 거예요. 기본 매뉴얼은 다 들어 있긴 한데 그건 뭐 외국 CEO네 저택 집사 수준이라 우리랑 환경이 안 맞아. 아침마다 신문지 다림질하고 홍차 타 내고 그런 거 필요 없잖아요? 집안일이라는 건 판에 박힌 듯이 단순해 보여도 사람 취향을 은근히 타는 거니까요."

세주가 수다스럽게 초기 설정을 마무리하는 내내 로봇은 의자에 앉은 자세로 명정을 올려다보고 있었는데, 프로그래밍이 그렇게 되어서겠지만 주인과 눈이 마주치자 양쪽 입꼬리가 위로 올라가 흡사 미소 짓는 모양이 되었다. 그리고 그 순간 명정은 로봇에게 이름을 지어주었는데 그것은 아내가 살아 있었을

적, 그녀가 더 이상 아이를 낳을 수 없게 되기 전 만약 둘째 아이가 태어난다면 제 형과 돌림자로 지어주려고 했던 것이다. 영원히 부를 일이 없을 줄로만 알았던, 그러나 상상 속에서 수도 없이 불렀기에 낯설지 않은 존재의 이름이 구체적인 발음과 형태를 띠고 혀끝에서 흘러내리는 순간, 그는 이 유용한 도우미를 가족 비슷하게 맞아들이기로 결심했다.

은결은 한번 알려주면 입력한 사람의 음성을 구문별로 분석하여 의미를 파악한 뒤 그것을 새로운 매뉴얼로 삼는다. 그다음에 어떤 돌발 상황이나 변수가 생기기 전까지 그 매뉴얼대로 충실히 이행하여 실수를 최소화하지만 실은 매뉴얼끼리 충돌하는 경우도 비일비재며, 변수를 만드는 것은 대개 주인의 변덕이다.

0과 1의 이진법에 입각하여 작동하는 로봇은 일상의 돌출이나 주름을 즉각 처리하기 어렵고 반드시 새로운 학습의 형태로 변환하는 과정을 거치므로, 일관성 없거나 신경 질환이 있는 주인에게는 그리 적합하지 않은 사치품이다. 사람은 기계적 일관성을 지니기가 오히려 어려운 존재이므로 20퍼센트 안팎 범위의 오차는 평소 패턴에 해당하는데, 오히려 그 때문에 실행 결과가 명령 당시의 기댓값과 다르게 나오기도 하는 건 도리 없다. 어쨌거나 대체로 심신 건전하며 욕망이 적고, 그것을 옆에 두는 것 외에 달리 부릴 만한 일이 많지 않은 명정은 상당히 안정성 높은 주인에 속한다.

은결은 무료함이라는 감정을 모르며 주인을 위해 어떤 과업을 반드시 수행해야 한다는 신념이나 욕망도 없고 그 자리에 가만히 있는 것만으로도 최소한의 소명을 다한다. 시청각을 비롯한 각종 외부 자극이 주어지면 그에 대한 반응을 도출하기 위해 나노초 단위의 검색 및 저장과 정보 재배열이 이루어진다. 내장 카메라와 신체 각 부분에 분포한 오감 센서로 주인의 상태를 파악하고 그에 알맞게 반응하는 기능이 있으나, 그것은 인간의 심리와 행동 양상이 천문학적 수의 패턴으로 입력되어 있어서다.

각각의 패턴을 인식하여 필요할 땐 곧잘 시무룩한 표정까지 지을 수 있지만, 패턴의 임의 변형과 조합을 필요로 하는 순간부터는 얘기가 달라진다. 출력 가능한 반응의 수 자체가 무한대에 이른다. 인간의 두뇌를 통째로 복사하여 로봇에게 이식하는 기술이 있더라도 영혼마저 복사하는 기술이 정착되기 전에는 어디까지나 흉내에 불과할 것이다. 고작 강아지 아이보(Aibo)도 기쁨과 슬픔, 놀라움과 공포, 분노와 불만 등 여섯 가지 정서를 표현할 수 있고, 페퍼(Pepper)도 주인의 눈물이나 환호를 보면 다가가 포옹하여 위로하거나 손뼉 치는 정도는 할 줄 안다. 그런 간단한 신체적 반응조차 1초에 평균 10조 회의 연산을 수행해야 가능한 것이다.

처음 그것을 세탁소 내의 스포팅 머신이나 건조기 정도로 여기던 명정은, 이름을 준 뒤로는 모셔놓은 손님 대하듯 하다가, 보름쯤 지나 심신이 안정되고 상황에 익숙해지자 이윽고 사소한 일들을 맡기며 편안히 다루기 시작한다. 은결의 존재를 신기해하던 동네 주민들은 방송이 나갔을 때 한두 주쯤 반짝 관심을 보이곤 어느덧 익숙해진다. 일상의 일부가 된다. 일반인이 잔일에 부려먹기에는 다소 기능이 과하다 싶은 고가의 로봇보다 중요하거나 피곤한 일들이, 영원히 마르지 않는 빨래처럼 일상 곳곳에 널려 있다. 세상은 한 통의 거대한 세탁기이며 사람들은 그 속에서 젖은 면직물 더미처럼 엉켰다 풀어지기를 반복하는 동안 닮아간다. 단지 그뿐인 일이다.

열세 살 시호가 엄마의 점퍼와 정장 등을 안고 세탁소로 들어온다. 그와 거의 동시에 시호랑 같은 반 준교가 제 아버지의 기지바지랑 셔츠 몇 벌을 갖고 들어선다. 두 아이는 넓지 않은 세탁소 출입문에서 딱 마주치더니 먼저 들어가려 기 싸움을 하다가 서로 어깨를 밀치면서 카운터에 짐을 부려놓는다.

은결은 매뉴얼대로 어서 오십시오, 인사하지만 두 명의 손님이 동시에 들어왔을 때 어느 쪽을 먼저 응대해야 하는지에 대한 응용력은 아직 부족하다. 조금 전의 영상을 자체 재생해본 결과, 몸이 들어온 것은 소녀가 0.2초 먼저였으나 물건을 올려놓은 것은 소년이 0.07초 앞선다. 이런 때는 들어온 쪽과 물건을 내민 쪽 가운데 대체로 물건이 우선이라고 검색된다. 그러나 주인이 스팀다리미를 잠깐 놓고 판결을 내린다.

"시호부터야."

은결이 온 뒤로 세탁소에 어린 손님들이 늘었다. 예전 같으면 그 집 어른들이 싸갖고 왔을 옷을 아이들이 가까이서 로봇 한 번 만져보겠다고 심부름 길에 나서는 것이다. 준교가 단박에 볼멘소리를 터뜨린다.

"아, 내가 먼저 왔단 말이에요."

"그거 좀 기다린다고 안 죽어. 너 인마, 학교에서 레에디파스토 안 배웠나."

"레이디퍼스트예요, 아저씨."

시호가 제법 혀를 굴리며 은결 앞에 옷 보따리를 펼쳐놓는 동안 은결의 회로에는 또 하나의 새로운 지식이 새겨진다. 여성 먼저. 그의 인공두뇌는 이어서 유사 사례를 검색하여 여성 먼저-아이 먼저-노인 먼저-신체가 불편한 사람 먼저라는 상황별 결론을 도출하고 그것이 다시 학습으로 쌓인다.

쌓인 옷을 보자면 일반 물빨래가 가능한 면직물 더미가 대부분이다. 한겨울에 집집마다 세탁기가 얼면 이런 옷들도 세탁소에 종종 들어와서, 한쪽 구석에는 가정용 세탁건조기도 두 대 들여놓아 독신자들을 위한 빨래방을 겸하고 있다.

"세탁기 사용법을 알려드리겠습니다."

은결의 목소리는 인공성대에서 스피커를 통해 나오는데도 그 울림이 자연스럽다. 하나의 사물이 외부의 파장에 호응하면서 자신의 진동을 조율하는 소리를 유심히 듣다가 시호는 고개를 젓는다.

"아뇨, 물빨래는 안 돼요. 이거 죄다 페인트 묻은 거예요."

펼쳐보니 화학페인트는 물론이고 굳은 본드 덩어리가 붙어 있기도 하며, 일부 색깔 있는 옷은 독한 락스가 튄 듯 변색되었다. 시호 엄마는 인테리어 업체에서 부를 때마다 하루벌이를 하는데, 공사 인부들과 함께 페인트를 칠하거나 도배장판을 하기도 하고, 공사가 끝난 집을 청소하기도 한다. 어차피 매번 버리니 작업복을 정해놓고 내내 재료와 염료를 묻혀가면서 내버려두게 마련인데 이런 옷들을 굳이 세탁소에 맡기다니, 이런 걸 가리켜 사람들은 밑 빠진 독에 물 붓기라고 일컬을 것이다.

은결은 자신이 인지 및 분석한 사항에 대해 완곡하게 둘러대거나 얼버무리는 기능이 장착되어 있지 않아서 이것이 얼마나 비합리적인지를 말하려는데, 그때 옷더미의 맨 밑에 깔린 트위드 투피스를 발견한다. 엄마가 계모임 가던 길에 급하게 마무리만 봐달라는 콜이 들어오는 바람에 조심하면서도 어쩔 수 없이 얼룩이 튀었다 한다.

"예, 그게 메인이고 나머지는 뭐 되는 대로. 급한 거 한 벌만 보내기 뭐하다고 이참에 보따리로 안기더라고요."

스패튤라로 옷에 붙은 페인트를 살살 긁어내고, 유기용제에 옷을 담그고, 드라이소프를 타고 마지막 한 점의 얼룩까지 솔질하던 주인의 섬세한 손길을 메모리에서 불러내며 은결은 대답한다.

"페인트는 약으로 지우겠습니다. 변색된 옷은 복구가 불가능합니다. 기존 섬유에 입혔던 색깔이 독성 물질에 의해 뽑혀나간 자국이기 때문입니다. 남은 건 염색하는 방법인데 비용 대비 추천하지 않습니다."

"그래요. 페인트랑 본드만 어떻게 좀, 맡길게요. 그런데 오빠, 오빠라고 불러야 하나?"

물어보면서 시호는 은결의 주인을 돌아보지만 주인은 어깨만 으쓱해 보인다. 좋으실 대로.

"오빠는 본인보다 나이가 많은 남성을 부르는 말입니다. 저는 나이가 없습니다."

"숫자가 중요한가. 나보다 요만큼이라도 더 큰 남자를 부르는 말인데. 이만큼보다 더 크고 저마아안큼보다 더 크면 아저씨. 아저씨가 좋아요? 오빠가 좋아요?"

다른 손님들은 만지작거리거나 주물럭거리곤 혼잣말로 감탄사를 연발하다 돌아서곤 하는데, 시호는 상대의 적절한 반응을 요구하는 신호를 끊임없이 보내고 있어서, 은결은 시간당 연산 처리 분량이 늘어난다. 몸속의 전기 신호가 평소보다 다량으로 흐르는 낯선 경험이지만, 그 낯섦은 단지 '빈도가 적다'는 객관적 사실로 파악되며 낯섦에서 파생되는 느낌이 손에 만져지지는 않는다.

"무엇이 좋은지 모르기 때문에 손님의 뜻대로 하겠습니다. 검색 결과로는 그것을 듣는 사람들, 즉 남성들이 자신의 사회적 관계나 생물학적 나이를 고려하지 않고 아저씨보다는 오빠를 선호하는 비율이 높다고 나옵니다."

"그래 좋아, 오빠. 이거 봐봐. 페인트 있지? 오빠는 지금 '약으로 지우겠습니다'라고 말했어요. 그건 사람에게 공연한 기대와 확신을 줘요. 반드시 깨끗하게 지워질 거라고. 하지만 이건 어제 오늘 묻은 게 아니라 몇 달도 넘었단 말이죠. 이런 때는 '한번 해보겠습니다'라고 하는 거예요. 성공할지 어떨지 확률 계산으론 답이 안 나오지만 '그럼에도 불구하고' 애쓴다는 거예요."

소녀의 입만이 아닌 온몸에서 현을 퉁기는 듯한 음성이 흘러나오는 걸 들으며, 은결의 인공두뇌는 내장된 국어대사전을 빠르게 검색하여 '보다'라는 보조동사의 여러 의미 용법을 추출하고, 그러는 동안 은결의 안구—내장 카메라는 얼핏 보면 불안감에 사로잡힌 어린이의 그것처럼 좌우로 가볍게 흔들린다. 마침 카운터에는 은결의 두 손이 올라와 있어서, 말하는 동안 시호는 그렇게 건드려보고 싶었던 로봇의 피부를 만져본다.

"와, 이거 진짜 사람 가죽 벗겨다 씌워놓은 것 같아. 완전 보들보들 뽀송뽀송. 이게 정말로 플라스틱이에요?"

사람과 가죽은 개별적이며 가치중립적인 말이지만 그 둘이 한데 모이면 종종 범죄적인 상황이나 불쾌한 일에 쓰인다는 것을, 은결은 일하던 중 브라운관을 흘러가던 조폭 누아르물을 통해 학습한 적 있다. 그러니 이 소녀는 생기 있고 재치 넘치는 인간이지만 품위 있는 인간은 아니라는 결론이 내려진다.

"강화된 버전의 나노 폴리우레탄이라고 합니다. 색상 코드는 E6C17B로 표현되었습니다."

눈앞에 쏟아지는 여러 가지 자극과 조금 전 주어진 정보 들을 동시에 처리하느라 은결의 연산 회수는 빠르게 증폭하지만 겉으로는 티가 나지 않는다.

"이 머리카락도 그냥 나일론사가 아닌 것 같아요. 한 가닥만 뽑아봐도 되나?"

그러나 적어도 유해한 인간은 아니며, 호기심이 넘치는 만큼이나 그에 준하는 상식과 품위도 머잖아 갖추어지리라 기대할 수 있는 어린 나이라는 것이 최종 분석이다.

"양모에서 추출한 케라틴을 합성섬유와 결합한 제품으로, 케라틴 울트라 실크라는 이름이 붙었습니다. 색상 코드는 3F0000과 662500이 랜덤으로 혼합되어 있습니다. 피부에 한 올씩 심었기 때문에 힘으로 뽑으면 두피가 같이 상할 수 있습니다. 필요하시면 한 가닥 잘라드리겠습니다."

두피가 상한다는 말에 시호는 아쉬워하는 표정으로 손을 내젓는다.

"아니에요, 됐어요. 생각해보니 다시 자랄 것도 아닌데 아껴야지. 어쨌든 제가 하려던 말은."

시호의 손이 떨어져나가면서 압력이 사라지자 은결의 시스템에서 눈에 띄게 상승했던 온도가 빠르게 냉각되고, 팽팽해졌던 인공근육의 입자들이 제자리를 찾아간다.

"하겠다와 해보겠다 사이에는 엄청나게 넓은 의미의 바다가 있어요. 그 의미 차이를 사전 검색에 의존하지 않고서도 알게 되면, 오빠는 여기 있는 애보다도 사람다워지는 거죠."

시호가 옆에 대고 손가락질하자 준교가 육두문자를 날리며 시호에게 셔츠 한 장을 구겨 던진다. 얼굴을 덮은 땀내 나는 셔츠를 카운터 너머로 패대기치고 시호도 미친놈, 하고 맞선다.

"옷 맡겼으면 빨랑 안 꺼져? 어디서 개기고 지랄. 나도 바빠 씨발."

그러더니 서로 두세 번씩 장딴지를 걷어차느라 교차하는 네 개의 다리가 바쁘다.

"야, 너희들 나가서 싸울래? 다 옷 보따리 싸 짊어지고 도로 보낸다. 시호는 끝났으면 먼저 가라. 다음에 한가할 때 또 와. 옷은 목요일에 찾으러 오고."

명정은 시호와 준교가 반에서도 서로 다툼이 잦다는 걸 그 엄마들 얘기로 전해 듣고 있다. 시호는 만날 준교를 패고 준교는 시호 가는 길에 발을 걸어 넘어뜨리다 결국 둘 다 선생님에게 걸려서 나머지 청소나 한다는 식이다. 대량의 호르몬이 폭발하기 직전의 초등학교 6학년 교실에서 남학생과 여학생이 서로를 향해 빗자루를 휘두르고 걸레를 던지며 으르렁대지 않는 경우란, 문방구표 플라스틱 커플링을 나누고 사귈 때밖에 없을 것이다.

시호를 쫓아 보내는 데 성공하자 준교가 옷가지를 펼치는 걸 명정이 한 점씩 센다. 드레스셔츠 두 벌과 기지바지 세 벌. 일거리를 준다는데 무엇을 가리겠냐만 솔직한 심정으로 드레스셔츠는 업자들이 별로 환영하지 않는 품목이다. 목둘레의 단백질 때와 기름기를 제거하는 드라이클리닝 뒤에, 1차 건조 후 미세 얼룩을 뽑아내기 위한 약품 처리를 한 다음 물세탁에 중성세제로 돌리는 3단계 과정을 거쳐야 한다. 그러고 나면 다림질이다. 한 장 다림질하는 데 평균 20초, 조금만 각을 세울라치면 한 벌에 1분은 족히 걸린다. 드는 품에 비해 단가는 낮다.

은결은 얼마 전 스팀다리미로 웬만한 옷들을 다릴 줄 알게 되었는데, 드레스셔츠 한 장을 5분가량 붙들고 있는 걸 보자니 답답해서 결국 주인이 채어가고 말았다. 은결은 고온을 두려워하는 마음은 없지만 자신의 시스템을 보호하는 기능 때문에 최대한 안전성을 지켜가며 다림질하니, 자연히 숙달된 사람이 요령껏 하기보다 시간이 걸린다.

머잖아 모든 단순노동을 기계가 대체할 수 있다고 누가 그랬던가. 손을 타는 행위를 비롯하여 요령이 중첩되는 이상 그것이 더는 단순노동이 아니게 되는가. 또는 요령이라는 것도 설정과 입력이 가능한 학습 결과에 불과한가. 명정은 거기까지 고민하기엔 자신의 용량이 부족하다는 사실을, 그런 기능이 설령 있다한들 본품 매뉴얼의 반도 이해 못 하는 자신이 요령의 값을 지정할 수는 없으리란 걸 인정한다. 전문 일꾼으로 부리려던 건 아니지만 일손을 덜어주기는커녕 홀로 해온 일에 익숙한 그의 동선을 흐트러뜨리거나 일정을 지체시키기라도 하면 오히려 문제다.

바지는 면과 폴리에스테르 혼방의 전형적인 신사 바지다. 베이지와 그레이, 브라운 바지마다 가랑이 사이에 갈색 얼룩이 배었다. 준교 아버지는 광역버스 운전대를 손에서 놓을 틈이 없으니 암만 클러치 옆에 빈 페트병을 상비한대도 운전 도중 바지에 실례하는 일쯤 있을 법하지만 최근 빈도가 잦다. 명정은 모른 척하고 계산서에 바지 석 점과 셔츠 두 점을 비롯하여 준교네 번지수를 기입하는데 준교가 묻지도 않은 소리를 한다.

"이거 큰거 아니에요, 피예요."

차라리 피치 못할 상황에서의 큰 볼일이었다면 모를까 이 부위에 피라면 더 문제 아닌가? 명정은 멈칫하고 준교를 바라본다.

"아빠가 남자들만의 비밀이랬어요. 엄마한테 숨기라고 그래서 제가 갖고 나온 거예요. 아빠 치질을 달고 살거든요. 줄곧 앉아서 일해갖고 그렇대요."

"비밀이고 자시고 그게 사나이 의리 지킬 일이 아닌데? 거 놔두면 큰 병 된다고 꼭 말씀드려."

"저도 나름대로 검색은 해봤어요. 대수롭지 않게 넘어갈 일이 아닐 수도 있다는 거 잘 알고요. 아빠 오는 날에 얘기는 꺼내봐야죠."

"네 아빠처럼 바쁜 남자들, 설득한다고 안 들어. 그저 네 엄마가 멱살 잡아서 끌고 병원에 갖다 넣어놓지 않으면. 다른 생각 말고 엄마한테 말씀드려라, 꼭."

준교는 상황 봐서 그러겠다며 대화를 빨리 마무리하려 하는데, 이제 본 목적인 로봇을 관찰해야 하기 때문이다. 그러나 막상 시호가 하듯이 은결한테 천연덕스럽고도 적극적으로 접근하지는 못하고 탐색의 몸짓으로 힐끔거리기만 한다. 리모컨이나 중앙컴퓨터로 원격 제어하는 로봇이 아니라, 기초 설정이 완료된 직후부터 외부의 모든 자극을 데이터베이스화하며 때로는 스스로 판단하고 그 계산과 선택의 결과를 새로이 자동 프로그래밍하여 움직이는 인간형 로봇에 호기심을 감추지 못할 나이인데도, 어디까지나 화학섬유에 불과한 머리카락 한 올 건드리지 않는다.

그도 그럴 것이 은결은 물성을 지닌 재산의 일종이라기보다는 겉모습이 지나치게 사람처럼 생긴 것이다. 그 짧은 시간에 준교는 왠지 대상을 존중하고 경건한 관람 자세를 갖춰야 할 것만 같은, 아이러니한 이질감에 사로잡힌 것이다. 이 피부가 정말로 폴리우레탄이라고? 이 밑에 차가운 은색 스테인리스가 있다니?

은결은 지금까지 준교가 인터넷에 공유되는 트레일러로나 보아온 그 어떤 현실의 로봇과도 다르다. 아이보는 강아지였으나 인간이 토닥거리거나 쓸어내릴 털가죽이 없이 표면이 매끈하여 포옹에의 충동이나 감정의 격랑 등을 느끼기 힘들 것 같고, 아시모(Asimo)는 이족 직립보행이 가능한 휴머노이드지만 두 다리에 온갖 기술력을 집중한 탓인지 눈 코 입 없이 우주복처럼 생겼으므로 심정적인 거리감이 있었다. 페퍼는 눈도 달려서 어느 정도 사람처럼 생긴 데다 손을 잡으면 상대방의 체온과 악력을 인식하고 호감도를 파악한 뒤 가만히 마주 힘주어 잡아줄 정도로 발전했으나, 가정용 로봇으로서의 실용성과 단가 관계상 이족 직립보행이 아닌 바퀴로 굴러가며 역시 하얀색의 단단한 금속 덩어리라는 인식이 앞서는 탓에, 알아서 집 안을 돌아다니며 흩어진 시리얼을 흡입하는 청소기들과 크게 다르지 않아 보인다.

좀 더 사람의 안면에 가깝고 상당 수준의 이족 보행이 가능한 나오(Nao)는 환자와의 상호작용과 교감을 위해 만들어지긴 했으나 프로그래밍 범위 내에서의 모방과 의사소통만이 가능하며 역시 피부나 체온을 구현하지는 못했다. 파로(Paro)는 접촉이 주된 목적으로 부드러운 털가죽을 씌운 바다표범이지만 그 털부터가 인형 느낌이 노골적으로 나는 데다, 어루만짐으로써 사용자의 혈압과 맥박을 안정시켜 정서를 치유하는 데 모든 기능을 집중시켰기 때문에 독립적으로 움직이면서 할 수 있는 유용한 일은 달리 없다고 보아도 좋을 정도다.

사람들은 그들의 춤과 재롱을 보고 웃으며 박수를 보내지만, 결국 생김새부터 충분한 거리 두기가 되기에 호기심도 생기고 내키는 대로 주물럭거려도 보게 되는 것이다.

그리하여 준교는 슬쩍 악수만, 그것도 손이 닿는 둥 마는 둥 스치고 나가버린다. 은결은 준교의 그런 시선이 언캐니 밸리(uncanny valley)의 일종임을 인지한다. 사물이 실제와 보다 가까울수록 시호처럼 친근감을 가지며 즐거워하는 사람도 있는 반면 경탄이 지나쳐 혐오 내지는 공포에 가까운 반응을 보이는 이들도 있다.

명정은 옷가지를 분류하여 바구니에 던져 넣는다.

"요즘 애들은 어찌나 눈치가 빠르고 아는 것도 많고, 뭘 먹고 말들은 또 그렇게 잘하는지. 어디 말뿐인가, 육십 먹은 나보다 욕들도 찰떡같이 해대지, 쟤들만 봐도."

"미친놈. 개기고 지랄. 바빠 씨발."

방금 학습한 욕설의 목록을 읊자 명정은 기겁한다.

"그중에서 욕이 뭔지 쏙쏙 골라 뽑아내냐. 거기에 살짝 운율까지 맞추고."

"발화시의 음성과 표정 및 상대방의 반응을 연관시키면 어떤 말뭉치가 욕인지 추론이 가능합니다. 욕을 들으면 기분이 나쁘다는 것을 알고 있습니다. 기분이 나쁜 것은 어떤 것인지 느낄 수는 없지만 웃음과 거리가 멀다는 것은 압니다. 그러면 통계상……."

"한도 끝도 없겠다. 됐으니까 지워. 그 뭐지? 자체 휠타링? 있지? 너 그런 거 알 필요 없어. 따라 할 필요는 더더욱 없고."

"좋지 않으시면 따라하지는 않겠습니다. 하지만 지우지는 않겠습니다."

"어쭈, 이것 봐라. 주제에 저가 하고 싶은 것도 다 있네."

"하고 싶다는 게 어떤 느낌인지는 역시 이론으로 알고 있습니다. 제가 지우지 않기를 선택한 이유는, 그게 무엇인지 알아두어야 다른 손님께 함부로 사용하지 않으리라고 판단해서입니다. 한다와 하지 않는다가 있을 때 저는 일반의 통계상 더 선호되는 방향, 또는 바람직한 결과를 불러올 수 있는 방향으로 움직입니다."

"그렇단 말이지. 알았다. 너 알고 보니 꽤 단순한 체계로 움직이는구나. 그러면 오늘의 숙제. 아까 시호가 귀신 씨나락 까먹는 소리를 했지?"

"귀신 씨…… 죄송합니다. 다시 말씀해주십시오."

"못 알아들었으면 잊어버려. 중요한 거 아니니까. 아까 시호가 하겠다 해보겠다 뭐 그런 소리 해쌌지. 거기 하나 추가하자.

넌 지금 한다와 하지 않는다밖에 몰라. 시호가 얘기한 해보겠다가 뭔지 회로를 잘 굴려봐. 그리고 하고 싶다가 뭔지도. 최종 응용 코스라면…… 뭐가 있을까. '하고 싶지만 하지 않는다'가 어떤 의미인지도 말이다."

한다와 하지 않는다는 이다와 아니다, 있음과 없음으로까지 확장되게 마련이다. 하나의 세계에 닿지 않기보다 닿기를 수행했을 때 열리는 문의 수, 그때마다 흔적으로 새겨지는 인상들이 앞으로 이 무생물에게 어떤 해석의 준거틀을 제공할지 모른다. 은결이 이진법을 이용하여 N팩토리얼에 이르는 횟수의 연산을 수행하고 N의 자리에 얼마나 큰 자연수가 들어가더라도 결코 해결하지 못할 난제를 내주었다고 생각하곤, 명정은 콧노래와 함께 다시 다리미질을 시작한다.

그리 오래지 않아 이런 장면에 익숙해지고 시들해지겠지만 당분간 즐길 거리 정도로는 충분하다. 아들은 돌아오지 못했지만, 이야기를 주고받을 상대가 가까이 있다는 것은. 늘 같은 자리에 떨어져 심장에 구멍을 내던 물방울의 낙하 방향을, 조금이나마 바꾸었다는 것은.

세주가 결혼과 함께 원룸을 떠나게 되면서 평생 무료로 모시는 클리닝 약속은 그 어머니에게로 이어질 예정이었지만, 명정은 세주 모친이 낡은 겨울 코트를 갖고 들른 날 겸사겸사 축의금 봉투를 건넨다. 세주 모친은 깜짝 놀라며 손을 내저었으나 명정은 지난주 클리닝과 다림질이 끝난 세주의 정장 주머니에 봉투를 억지로 꽂아 넣고 비닐을 씌워서 품에 떠맡긴다.

"이건 내가 홍 여사님한테 잘 보이자고 하는 게 아니라 세주한테 작년에 공짜로 일을 시킨 게 늘 맘에 걸려서 그렇다니까? 선물도 축의금도 아니고 뒤늦은 알바비를 이참에 전하는 것뿐인걸. 괘념치 마시고 정당한 노동의 대가라고 전해주쇼. 아니 정당한 게 다 뭐야, 나름대로 시세를 알아봤는데—이거 말만 하면 척척 나오니 검색 기능 아주 편리하구먼—그런 두꺼운 브로샤 하나 번역하는 데 얼만지 아나, 그 반값도 안 되니 좋은 말로 할 때 그냥 좀 받아."

세주 모친은 세 번쯤 망설이고 정색하며 화를 내기도 하지만 결국 돈 봉투가 든 정장 한 벌과 함께 등이 떠밀리다시피 세탁소를 나선다.

그녀가 그만한 축의에 그토록 예민하게 굴고 호의를 받아들이는 데 인색한 사정을, 그는 이해할 수 있다. 세주 모녀는 이 다세대 골목에서 11년째 사는 동안, 집안에 남자 그림자 없이 모녀 둘뿐이라고 우습게 보며 수시로 사랑 고백을 가장한 주사를 부리고 문 열어달라 소란을 피우는 중년 사내들의 접근에 이골이 났었다.

세주 모친이 미용실에서 사람들 머리를 만지면서 몸에 익은 오랜 접객업의 습관으로, 조금만 미소나 친절을 보여도 그게 저 좋아서인 줄로 착각하는 남정네들이 줄줄이 달라붙었다. 그녀는 이 골목과 크게 다르지 않은 분위기를 지닌 세 블록 떨어진 구역의 배달 전문 중국집 옆에 작은 점포를 갖고 있는데, 후미진 골목의 동네 미용실이란 대체로 장년층 여성들의 사랑방이지만 하나 남았던 인근 이발소가 문을 닫으면서 장년 남성들도 종종 드나들었고, 그들은 쉽게 농을 걸며 사람 떠보기를 즐겼다. 그녀는 업무상 건드릴 수밖에 없는 두피였지만 그들은 세주 모친의 손가락이 닿으면 그 손에 은근히 깍지를 끼거나 하는 식으로 이쪽이 원치 않는 관심을 과시했다. 홍 여사, 내 머리 만지는 게 그리 좋나? 그러면 세주 모친은 코웃음 치며 대꾸하기를, 가위 든 사람 함부로 건들지 마셔. 손가락 잘리고 머리 왕창 뽑힐라. 얼마 남지도 않은 머리 잘 간수하셔야지? 농담으로 받아치며 보란 듯이 샴푸칠한 머리를 더 힘주어 박박 감기는 걸로 그들 대부분의 접근을 눙칠 수 있었지만, 상태가 썩 좋지 않은 치들은 미용실 셔터를 내릴 때까지 기다리고 섰다가 다가오곤 하는 것이었다.

그들 중에는 집까지 쫓아오는 자들도 있어서 모녀는 주위를 삼엄히 경계하느라 수시로 날이 서 있었고, 폭등하는 전세 시세 때문에 결국 어디로 옮치고 뛸 수 없었지만 진지하게 이사를 고민했던 적도 있었다. 그중 한 사람은 모녀의 원룸 창문이 바라다보이는 골목 편의점에서 맥주 한 캔만 놓고 상주하다시피 하며 노래를 불러대고, 밤늦게 귀가하는 세주의 팔을 몇 번이나 붙들며 네 엄마 좀 불러내달라고 읍소하기도 했는데, 비록 작년에 헤어졌지만 그때만 해도 세주의 연인이었던 청년이 와서 원룸에 한 주일쯤 머물며 견제에 들어가자 슬그머니 떨어져나갔다.

그만한 주사 같으면 차라리 순정남으로 보일 정도였다. 심한 사람은 원룸 철문 앞에 달라붙어선 수십 분씩 손잡이를 좌우로 돌리며 네가 먼저 거울 너머로 눈웃음 쳐놓고 이러는 거 반칙이라는 둥 횡설수설하는 걸 경찰 신고로 떨어뜨리기도 했으나, 주거 침입이 아직 이루어지지 않았고 상해 사건으로 볼 수도 없다면서 대체로 훈방 귀가 조치를 받았기 때문에 같은 일은 끊임없이 반복되었고, 결국 그가 대로변의 한 식당에서 시시한 절도죄로 끌려감으로써 그릇된 사랑의 행방은 정리되었다.

그러는 동안 세주 모친은 웬만해선 누구의 호의도 믿지 않으며 골목길 가게 사람들하고도 꼭 필요한 말만을 주고받을 뿐 그 이상은 말을 섞지 않았다. 오며 가며 자주 마주친 사람이라도 그게 남자라면 눈인사를 먼저 건네는 법 없었다. 명정으로선 아마도 모녀가 거주한 기간 대비 그 집 숟가락 개수를 제일 늦게 알았을 게 분명했다.

"그나저나 홍 여사 앞에서는 말 못했지만, 세주는 헤어진 지 얼마나 됐다고 새로운 사람이랑 결혼을 퍽 금세도 결정하네."

예전 같으면 그는 이런 생각을 혼자서만 했을 터였다. 들어줄 이 없는 혼잣말을 굳이 주술 구조 갖추어가며 몸 밖으로 꺼내 배열할 필요가 없었다. 옷을 맡기는 손님과의 대화, 빠지지 않은 해묵은 얼룩에 항의하는 손님에게 특정 섬유의 마찰 견뢰도와 그에 따른 파손 가능성을 들어 사죄하거나 설득하는 말. 식은 난

로에서 긁어낸 조개탄 같은 일상생활을 유지하는 최소한의 의사소통 외에 사고나 감정 표현을 목적으로 발화할 일이 없었다. 너무 말을 안 하면 뇌 주름마다 먼지가 끼어 정작 생각한 바를 입 밖으로 내놓아야 할 때 그 방법을 아주 잊어버릴지 모른다는 불안도 들고, 그 지경에 이르기 전에 입에서 닭똥 냄새가 날 것도 같아 세탁 작업을 하는 동안 소형 텔레비전을 틀어놓고 일부러 혼잣말을 한 적도 있었다. 그러나 혼잣말이라고 해봐야 막장 드라마를 보면서 저저저 미친놈, 아이고 썩을놈, 저걸 그냥 확, 각종 비리와 불의 및 악의로 점철된 뉴스를 들으며 지랄 옘병들도 가지가지, 하는 수준이라 정서 환기에도 입 냄새 제거에도 별로 도움이 안 되었을 뿐더러, 나중에는 아무도 없는데 굳이 혼잣말을 하는 게 오히려 가게로 들어서는 손님에게는 노망난 것처럼 보이겠지 싶어 그만두었다.

그러나 지금은 그 말을 듣고, 추임새 정도에 불과하나 어떤 형태로든 대답을 돌려줄 존재가 있다.

"여성의 가임기를 고려할 때 결혼이 지금 세주 님의 나이보다 늦어지면 바람직하지 않기 때문이지요."

은결의 현재 판단체계는 자연계의 순리만 적용된 것으로서, 사회 환경과 문화 등의 제반 사정을 고려하지 않고 물고기가 본능으로 짝을 지어 알을 까는 범주에 가까우니 명정은 손사래 친다.

"천만에, 요즘 젊은 친구들 다 저들 살기 고달파서 그런 거 신경 안 써. 나이 차기 전에 애는 하나쯤 있어야지 하면서 아무하고나 결혼할 사람은 별로 없을걸. 그보다도 사람 일이란 식장에 들어갈 때까지 모른다더니 그 말이 딱이지 뭐냐. 그전 헌칠한 친구 나도 두어 번 봤는데. 싹싹하고 밝은 청년이었는데 대학교 들어가자마자 사귄 친구라고, 그럼 그게 세월이 얼마야, 당연히 그 친구랑 결혼할 줄 알았지. 웬 놈팡이들 떼거리로 몰려와서 홍 여사 고생할 때 셰파트처럼 그 집 딱 지키고 서서 말이야, 일주일 넘게, 그거 쉬운 일 아니야. 서로 집안 사정도 다 이해하고 그래서 좋게 지내는 줄 알고, 아 저 친구랑은 이제 꼭 가족이구나 했는데 어느 날 보니 남남이데."

그 과정에 간유리처럼 끼어 있던 약간의 다툼, 딸에게 기대가 컸던 세주 모친이 본인 형편도 크게 다를 바 없는 건 생각 않고, 편부를 모시는 남자 집안의 가난과 학력을 반복적으로 문제 삼아 그들 사이의 유격을 키우는 데 상당 부분 기여했다는 사실도 대강 알지만, 명정은 그런 구차한 인간사까지는 언급하지 않는다.

"그렇다면 가족이 아니었던 거군요. 그러나 유사가족이라는 말로 표현되는 타인들 간의 공동체가 경제적 정서적 요구에 따라 형성되기도 한다고 알고 있습니다. 어쩌면 그 친구 분은 어디에도 해당되지 않았던 것이겠지요."

그 말에 명정은 한동안 침묵한다. 가족이 당연하며 자연스러운 악보 위의 리듬인 줄로만 알았던 적이 언제였는지 가물거린다. 절대적 신성불가침의 영역이라고 생각해본 적은 없지만, 가족이란 신선한 공기가 들락거리는 건강한 폐 같은 거라고 믿었던 순진한 시절도 분명 있었을 것이다. 지나고 보면 모든 것이 엇박자 내지는 폐기종에 불과한 것을.

"아니 생각해보면…… 가족이고 지랄이고 딱히 상관은 없나. 가족이라서 오히려 돌아서기도 부서지기도 쉬울 수 있겠다. 볼 꼴 못 볼 꼴 다 봐가면서 실망도 경멸도 커지니까."

그가 처음 아들을 이국에 보냈을 적에도 아무 대책 없이 홀로 떨구어놓은 게 아니라, 그곳 영주권이 있던 육촌동생 내외에게 잘 부탁한다고 맡기며 일체의 학비와 생활비를 다달이 송금했으며, 분기별로 상여금이 나올 때마다 별도의 수고비로 보내면서도 면구스러워했다. 머리가 큰 아이를 타국에서 제 식구로 데리고 있는 일이 쉽지 않으리라는 인지상정에서였다.

그러나 1년쯤 지나자 육촌동생 내외는 어느새 '남겨먹기'를 시작했고, 양상만 달라지는 척하다가 서서히 지속적으로 낮아지는 대우를 열아홉 먹은 아들이 눈치 못 챌 리 없었다. 거친 항의와 몸싸움 끝에 그 집을 나온 아들은 처음에는 귀국할 비행기

표 살 돈을 부쳐달라는 전화를 걸어왔다. 명정은 곧바로 150만 원을 송금했지만 아들은 한 달이 넘도록 돌아오지 않았고, 그다음 걸려온 전화는 어떻게든 여기서 혼자 해나가고 싶으니 방 얻을 돈을 한 번만 보내달라는 내용이었다. 명정은 당장 그곳으로 가서 아들의 멱살을 잡아끌어 오고 싶었으나 당시 그 자신의 건강이나 주변 상황이 비행기를 탈 여건이 아니었다. 그는 아들이 부탁한 금액의 절반을 만들어 보냈고, 이후 육촌 내외와는 모든 연락을 끊음으로써밖에 배신감을 달래지 못했다.

혈연을 비롯한 모든 관계를 한순간에 잘라내는 도구는 예리한 칼날이 아니다. 관계란 물에 적시면 어느 틈에 조직이 풀려 끊어지고 마는 낱장의 휴지에 불과하다.

"그렇게 부서지기 쉬운 거라면 사람들은 어째서 가족을 이룹니까."

그럼에도 불구하고.

"……그러게 말이다."

선뜻 대답이 나오지 않아서 명정은 중매혼으로 함께 지냈던 아내와의 시간을 떠올려본다. 대체로 고요하고 지루한 세월이었지만 서로에게 큰 불만은 없었고, 기억에 남을 만큼 고성이 오간 적도 한 손에 꼽을 만큼이었으니, 어디 가서 남들에게 그 무미건조함을 토로했다간 배 뜯어지는 소리하고 자빠졌다는 핀잔을 면치 못할 평화를 꾸준히 유지했다는 기억. 그럴듯하거나 두드러지지 않아도 심상한 날들. 두 차례의 고비라면 우선 아들이 긴급 송금을 요청했을 당시 그는 회사에서 명퇴 대상자로 밀려났던 때. 세탁소 점포를 얻으면서 질 수밖에 없었던 빚 탕감에 보태기 위해 아내가 마트 계산대 일을 시작했을 때.

세탁소를 열고 빚이 좀체 줄어들 생각을 안 하던 3년째의 어느 날 새벽, 그는 재봉틀 대에 웅크린 자세로 차갑게 식은 아내를 발견했다. 아내의 손에는 한쪽 길이를 미처 줄이지 못하여 짝짝이로 남은 여성용 데님 바지가 쥐여 있었다.

계산대와 재봉틀 사이를 분주히 오가며 아내는 입버릇처럼 말하곤 했었다. 병원에서 이런저런 호스 꽂고 호흡기 쓰고 의식도 없는 채로 시름시름 앓다가 돈만 야금야금 다 녹여먹고 가는 거 싫어. 지금도 빚더민데 병원비까지 더 들이게. 명정은 지금 나이가 몇인데 쓸데없는 소리 말라며 타박하곤 한 귀로 흘렸었다. 호상이란 복록 누리고 오래 잘살다 죽은 이의 상사를 뜻하나 오래 사는 건 관두고라도 아픈 줄 모르고 어느 날 조용히 눈 안 뜨는 죽음만 한 축복은 없으리라 아내는 말했었고, 정말 자기가 원한 방식대로 갔다……

……고 생각했지만 명정은 상례를 마치고 돌아와 가게를 청소하다 재봉틀 옆에 굴러다니던 진통제를 발견했었다. 어디가

아픈지도 모르고 아픔을 눌러가며 살아온 아내는, 막바지에 이르러선 약으로도 잊거나 달래지 못했을 터였다. 저 자신의 몸에서 나는 소리는 들어볼 겨를 없으면서도 남편이 아팠을 때는 발로 등을 걷어차다시피 병원에 밀어 넣고 진단에 검사에 심장 수술까지 일사천리로 진행시켰던 아내였다.

올 때부터 갈 때까지 침묵에 가까운 고요를 유지했던 아내와의 인연에 당연히 황홀감이란 없었고, 의미라면 이 나라 이 연배 부부들이 으레 그렇듯 자식 하나였는데 그조차 지금은 없다. 시신을 찾지 못한 아들, 파란 눈인지 검은 눈인지도 모르겠는 건 둘째 치고 이름도 기억나지 않는 이국의 며느리, 있는지 없는지도 모르는 그들 자녀를 떠올리자니 의미라는 추상적이고 모호한 낱말이 손끝에서 떨어진 퍼즐 판처럼 부서진다. 이 나이에 이르면 누구나 손주 재롱 보는 재미로 어스름한 황혼에 애써 의미를 부여하기 마련인가. 그 마련이라는 열에서 자의로든 강제로든 탈퇴한 자는 달리 어디서 의미를 구하며, 교회나 절이 의미의 자리를 대신 채워주는가.

그는 자식 하나 바라보고 산다는 보통 사람들 입말이 생에서 차지하는 비중을 비로소 생각해본다. 인간에 대해 아는 게 없는 로봇 덕에, 그동안 당연하게만 받아들였던 가치관들과, 온몸의 근육에 배어 있어 의문을 가져본 적 없는 습관들 하나하나가 새삼스레 당혹스러워지며, 무엇보다 인간으로 한평생을 살아왔지만 인간에 대해 알고 있는 거라곤 실상 거의 없었다는 사실을 알게 된다.

세주가 결혼하고 한 달 뒤, 명정의 집으로 택배가 도착한다. 남자 티셔츠와 바지 여러 벌이 가지런히 개켜진 위에 세주의 글씨로 적은 엽서가 놓여 있다.

만날 세탁소에서 사람들 안 찾아가고 이사 가고 그렇게 버려진 옷만 입기에, 사람 비슷하게 옷 좀 사 입혔으면 좋겠다고 생각했어요. 보세라서 죄송하지만 그 애는 비싼 옷 한 벌보다 여러 색과 각기 다른 분위기로 입는 게 나을 것 같았어요. 저희 엄마에게 주신 선물 고맙습니다.

명정은 헛기침을 한 번 하곤 뭐 굳이 이렇게 사람 놀이까지 할 필요야, 중얼거리다 그래도 은결 앞으로 온 물건이니 슬그머니 그 앞으로 상자를 밀어놓는다. 은결이 상자를 한번 돌아보곤 제 것인 줄 몰라 진공청소기를 계속 돌리자 명정은 잠깐 멈추고 와서 보라 이른다. 은결이 상자를 열어 셔츠를 한 장씩 펼쳐보기 시작하자 그는 욕실로 들어가 거울을 바라본다.

원래 거울이 있던 자리는 그전 살던 세입자가 깨먹었는지 그것이 붙었던 자국만 테두리로 까맣게 남아 있고, 그 대신 문 맞은편 창문이 뚫린 벽에 반신거울을 대충 기대놓은 것이다. 그 앞에 쭈그리고 앉아 이를 쑤시는 그의 등 뒤에서, 거울에 함께 비친 은결의 옆얼굴에 문득 미소가 피어난 것처럼 보인다.

노안이 심해졌나 보다. 또는 이면도로 앞 횟집에서 개업 판촉물로 받은 싸구려 거울의 왜상 때문이거나.

정면으로 만난 사람의 얼굴을 이튿날 우연히 측면으로 보았을 때 은결이 그 사람을 올바르게 알아볼 확률은 60퍼센트 미만으로 떨어진다. 그 확률을 높이려면 정면 아닌 측면 형상을 재입력하고 원래의 인물과 연결 짓는 연산을 거쳐야 한다.

사람도 앞서 걷는 이의 뒤통수가 제 친구 맞는지 긴가민가 싶을 때가 있으니, 로봇이 측면을 별도로 학습해야 한대서 별문제는 아니다. 또한 사람은 자기가 본 한 개의 면이 사람이나 사물의 본질 내지는 진실이라고 믿는 경향이 강하기에, 측면이나 이면을 섬세히 주시하는 신규 학습은 누구에게나 필요한 것일지 모른다. 은결의 경우는 시각 카메라가 전방의 물체를 찍음과 동시에 그것을 픽셀 단위로 인식하여 인공신경에 전달하고 정보화하는데, 이때 픽셀이 확장된 것이 선이고 면이다. 생전 처음 만나는 사람의 얼굴은 일반적인 원이나 타원 수준에서 다루어지며, 그의 몸통은 은결의 눈에는 수억 개 픽셀의 집합으로 이루어진 원기둥과 다를 바 없다. 다시 만나는 사람이라도 그가 모로 서 있어서 픽셀이 모인 각도와 모양이 다르면 그것을 다른 사람, 심지어 물체로 인식하기도 한다. 그나마 인공신경망이 측면으로 입력된 물체를 3차원으로 재구성하여 정면의 예상 이미지를 도출하기 때문에, 샘플 로봇에게 적용되었던 기존 형태 인식 실험보다 성공률이 높아진 편이다.

그 때문에 은결은 순간 멈칫했을 것이다.

날은 찌고 보일러는 내내 돌아가니, 이마에 연방 흐르는 땀을 훔치던 주인이 문 좀 활짝 열어놓으라 이른다. 평소 주위 상가와 가정집에서 흘러나오는 각종 생활의 냄새와 연기가 세탁물에 스며들 것을 우려하여 최소한의 환기 외에는 문을 열지 않는데, 외부 온도가 30도를 찍으면 세탁소 안은 사우나에 다름없고 선풍기는 무용지물이다.

세탁소 문을 열었을 때 은결은 마침 그 앞을 막 지나가던 사람의 옆모습을 포착한다. 보려는 의지를 갖고 보는 게 아니라 바로 앞에 있어서 볼 뿐이라 해도, 눈앞에 갑작스레 들이대어진 모든 사물이나 사태가 그에게는 담아야 할 형태, 처리해야 할 정보이며 수행해야 할 과제이다. 따라서 자동으로 메모리에 쌓인 천문학적인 수의 이미지를 불러내고 그중 가장 유사성이 높은 이미지를 선택 및 비교한다.

그 결과, 13세 이상 18세 이하의 여성이 회색 에이라인 스커트와 유백색 블라우스 차림으로 왼쪽 어깨에는 옷차림과 어울리지 않는 커다란 스포츠백을 메었고, 양쪽 어깨에 끈을 갈라 작은 백팩을 멘 데다 오른쪽 손으로는 키가 제 허리를 넘는 슈트케이스를 끌고 가는 모습이 판독된다.

연산은 계속되지만 은결은 그 옆모습이 끝내 누구인지 알아낼 수 없으므로 그저 바라만 보고 지나가게 놓아두는데, 금속제 미닫이를 여는 소리에 행인이 은결 쪽으로 고개를 돌린다.

"어 안녕. 오랜만."

정면을 보았으므로 은결은 그녀가 이미 잘 알고 지내는 사람 가운데 하나인 시호라는 최종 분석을 수행하며, 그와 함께 자기도 모르게 입 밖으로 탄식 비슷한 소리가 새어 나오는 것을 막지 못한다. 그 소리는 규정된 연산 밖의 무엇이라는, 일종의 경고와도 같은 신호가 몸속을 타고 흐른다. 그건 아마도 인간들이 '안도의 한숨을 내쉰다'고 할 적과 비슷한 소리일 것이다.

"안녕하십니까."

그럼에도 불구하고 최종 분석에서 10퍼센트 가까이 오차가 발생하여 정보 재처리 과정을 겪고 나서야 결론을 도출할 수 있는 까닭은, 시호의 얼굴 생김새가 크게 변하지 않았지만 그전에 없던 여드름이 눈에 띄고 머리 모양이 달라졌으며 무엇보다 키를 비롯한 체적이 증가해서다. 은결의 눈에는 픽셀의 변화가 곧 형태의 변화이며 대상 간 불일치를 명시하는 것이다. 그녀는 그녀이되 그녀 아닌 그녀이다. 그리고 증가한 신장이나 피부 트러블 같은 신규 정보가 추가 입력되었으므로 그녀는 비로소 그녀다.

"나 이거 입은 거 너 처음 보지? 우리 학교 하복이다."

"예, 알고 있습니다."

교복 또한 정면으로 보니 눈에 익은 것이다. 이 동네와 옆 동네까지 합쳐 은결은 여섯 군데 중고등학교의 동복 및 하복을 구별할 수 있으며 시호가 입은 이 교복은 가장 전형적인 형태와 색깔이다. 지나가는 학생들을 보며 왜 저분들은 저렇게 똑같은 옷을 입고 있습니까, 은결이 물었을 때 주인은 천장 행거에 매달린 각 학교의 교복을 꺼내 보여준 적 있다. 시호가 3월에 옆 동네 중학교에 입학했다는 얘기와, 준교가 이 구역 넘어 버스로 40분 넘게 달려야 닿는, 좀 특이한 중학교에 갔다는 얘기도 그때 들려주었었다. 하지만 저렇게 여러 명이 같은 옷을 입으면 누가 누군지 구별이 불가능하지 않습니까, 은결이 재차 묻자 주인은 그것이야말로 교복을 입히는 목적이라고 말했다. 그러나 사람의 시각은 로봇의 센서와 달라서 그 교복 위에 얹힌 얼굴만으로도 먼발치서 충분히 알아본다고 덧붙였으며, 더 나아가 사람은 양복이든 잠옷이든 뭘 입었는지를 떠나 특히 아끼고 좋아하는 사람이라면 뒤통수만 보고도 누군지 알 수 있다고도 그랬다.

얼굴만 보면 된다는 명정의 말이 무슨 뜻인지, 은결은 문자 해독 차원을 넘는 인식을 하게 된다. 다른 학생들과 똑같은 옷을 입었지만 눈앞에 있는 사람은 시호다. 직접 보기로는 넉 달 만인데, 사람의 생장점은 세포의 어디에 숨어 있어서 이렇게 픽셀의 배치를 흔들고 개수를 바꿔놓는 것인지 은결은 알 수 없다.

물론 변한 것은 외모만이 아니다. 처음 만났을 때 오빠라고 부르던 시호가 이제는 너라고 말한다. 그건 아마 자신이 성장하고 나니 눈높이가 거의 같아진 남성형 로봇을 가리켜 새삼스레 오빠, 소리 내기가 무안해서일 것이다.

그때 은결이 한참 들어오지 않는 것을 의아하게 여긴 명정이 세탁소 문밖으로 나와 선다.

"시호구나. 어디 가니? 웬 짐이 그렇게."

"아, 이거요."

시호는 제 어깨에 멘 백과 잠깐 옆구리 옆에 세워둔 슈트케이스를 번갈아 곁눈질하고, 그 대화에서 은결은 유추한다. 평소와 모습이 다르거나 체구 및 의상과 어울리지 않는 큰 짐을 들고 가는 사람을 보면 어디 가느냐고 묻는 것이 인간 사회에서 곧 안녕, 과 같은 인사 역할을 한다는 사실을. 유사 사례와 상황 역시 자동 검색되며 다시 잊지 않도록 그의 메모리에 새겨진다. 평소 추리닝을 입고 동네 슈퍼를 어슬렁거리던 텁수염의 남자가 어느 날 맞춤 정장을 입은 모습을 보면 어디 가요, 또는 누구 만나요, 좋은 데 가나 봐요. 볼 때마다 풀 메이크업에 드레시한 여성이 문득 민낯에 튼 입술로 나타나면 어디 아픈가 봐요, 괜찮으세요, 감기 조심하셔야지. 그런 다양한 방식의 인사가 타인에 대한 관심과 공감을 표현하는 수단인 한편, 근래에는 생활 패턴이 나홀로 인구 중심으로 바뀌면서 쓸데없고 불쾌한 참견으로 간주되기도 한다는, 점차 확산하는 견해까지.

"저기 해누리의원에, 아빠 입원해서요, 필요한 거 이것저것."

"저런, 어디 편찮으시니?"

"음, 듣고 웃지 않기예요? 숯불 옮기다가 집게를 통째로 놓쳤는데 그게 하필이면 손님 발등에 정통이네? 손님은 잽싸게 발을 피했는데 아빠는 자기도 모르게 그걸 확 끌어안아버렸네? 겨울이면 내복 위에 몇 겹이라도 입어 그나마 좀 나았겠죠? 근데 러닝셔츠 수준의 반팔짜리 하나 달랑 입고 그걸 세상에. 턱이랑 팔, 배꼽까지 상반신 홀랑 벗어지고 3도."

"아이고. 그런 심각한 일에 웃을 사람이 어딨냐 이 녀석아. 한 여름에 고생이시다. 흉터 남으면 어쩌나."

"그걸로 끝나면 다행이게요. 식당에서 생긴 일이지만 엄연히 개인 잘못이니까 병원비 보조는 못해준다는, 식당 주인 입장은 뭐, 알았다 이거예요. 근데 아슬아슬하게 발등 피한 손님이랑 그 일행이, 자기네 눈앞에서 벌어진 일이니까 충격 받았다고 정신적 피해 보상해달라고, 그것도 뭐 소비자 입장만 생각하면 그럴 만도 하다 이거죠. 근데 정신적 피해 보상금의 기준은 대체 누가 정하는 거며, 그것도 우리 아빠 쪽에서 책임지라고, 주인이."

억울하다는 듯한 어조로 쏟아지는 시호의 말은 주술 구조가 비정상적이고 어절끼리 도치되거나 구문 성분이 생략되기도 해서 은결은 사태를 파악하는 데 어려움을 겪는다. 그러나 그런 말이라도 명정은 모두 알아듣는 듯 팔짱 낀 채 고개 끄덕이며 눈살을 찌푸리고 있다. 사람이 당황하거나 분노하거나 흥분했을 때 화자의 말은 평소보다 빨라지면서 문법 구조가 흔들리거나 파괴되고, 청자는 그럼에도 불구하고 대체로 의미를 이해할 수 있다는 인간 고유의 능력을, 은결은 알게 된다.

"드레싱이며 뭐며 새살 올라오고 이것저것 하시려면 못해도 한 달은 누워 계셔야겠네."

“예, 화상 범위와 깊이에 비해 근육조직에는 아주 큰 손상은 없다고. 그것도 완전 행운이라는데요.”

“그러게, 나머지야 차근차근 인지상정에 순리대로 해결해야지 뭐. 그런데 네가 이걸 혼자 들고 가? 택시 잡아서 가지.”

“이 날씨에 걷기는 죽음인데 타기엔 또 너무 애매한 거리여서요. 마을버스로 두 정거장 반인걸요. 트렁크니까 그냥 살살 끌고 가면 되죠 뭐.”

“엄마랑 오빠는?”

“엄마는 도색이 밀려 있어서 나중에 온댔고 오빠는 학원.”

“기본요금 거리여도 그냥 택시 타라. 아저씨가 돈 줄게. 세상에 그렇다고 이 무거운 걸 여자애 혼자…….”

그러면서 명정이 바지 주머니에 손을 찔러 뒤지는 걸 시호가 만류한다.

“와— 와! 괜찮아요, 진짜 하지 마세요. 금방이에요. 아저씨가 돈 주시면 나 그걸로 택시 안 타고 뭐 사 먹을 거예요?”

“넉넉히 줄 테니까 뭣도 사 먹든지. 어제오늘 보는 처지도 아니고, 애는 어른이 걱정해서 주는 건 그냥 받으면 돼.”

“아니 농담도 못 해, 정말 됐어요. 저 가요!”

다급히 꾸벅하고 몸을 돌리는 뒷모습에서 명정은 평소 넉넉지 않은 집안의 둘째로 살아가는 데 소모되는 비용과, 기본요금

거리의 택시를 타지 않을 만큼 턱없는 주머니 사정과, 그럼에도 길바닥에 과자 부스러기처럼 흘리고 싶지 않은 사춘기의 자존심을 어렴풋이 읽어낸다.

그러다 은결의 바지 주머니에 만 원권 세 장을 쑤셔 넣고 귀엣말한다.

"너 재 뒤 좀 따라가라."

"하지만 택시는 타지 않겠다고 말했습니다."

"안 타면 안 타는 대로, 짐이라도 네가 들고 병원까지 갔다가 와. 가게는 신경 쓰지 말고. 저 앞 골목 돌면 쫓아가서 바로 짐 들어주겠다고 말해. 나 안 보이면 재도 그냥 들어달라고 할 거다."

"그럼 다녀오겠습니다."

사람처럼 전력질주하지는 못하지만 최대한 빠른 걸음으로 도보 속도를 높이고 시호의 뒤를 따르는 은결의 모습을 바라보다 명정은 가게 안으로 들어간다. 어쨌거나 로봇은 사람에게 물리적 도움을 주어야 하는 법이라는 왠지 모를 의무감이 샘솟아 딸려 보낸 것이긴 한데, 보내놓고 나니 은결에게도 나쁘지 않은 경험일 것 같다. 은결은 이 집에 온 뒤로 이때까지 세탁소와 이 블록 이 동네를 벗어나본 적이 없는 것이다. 기껏 좋은 내비게이터가 달렸는데 아까운 일이다.

그런데 미처 생각지 않았던 점이라면, 은결은 위성 지도로만 아는 거리를 실제로도 잘 찾아갈 수 있을까. 가는 동안은 시호를 따라가면 되니 문제없지만 혼자서 그대로 그 길을 짚어 돌아올 수 있을까. 시호가 볼일 다 볼 때까지 기다렸다가 같이 돌아오라고 일러둘걸 그랬나. 그러나 저 많은 짐을 보면 시호는 오늘 밤 입원실의 보호자용 간이침대에서 칼잠을 잘 예정으로 가는 게 아닌가, 만세도 부르기 힘들게 꽉 죄는 교복 차림으로 아빠를 돌볼 수는 없을 텐데…….

갑작스레 이루어지는 최초의 모험에 명정은 문득 겁이 나기 시작한다. 만일의 경우 은결에게 통신 기능이 내장되어 있으므로 인터넷으로 호출하면 될 것이다. 통신용 고유 번호와 호출 절차는 매뉴얼에 나와 있는데, 별개의 소프트웨어를 설치 및 조작하는 과정이 까마득해서 웬만하면 거기까지는 손대고 싶지 않지만.

은결은 어느새 양손에 넘겨받은 짐을 들고 끌면서 시호 뒷모습으로부터 3보 떨어진 위치에서 걷고 있다. 주인의 말대로, 큰길 나가기 직전쯤 은결이 내내 뒤따라오는 걸 눈치 챘던 시호가 흘끔 돌아보더니 이거 좀 도와줄래? 했다. 그러더니 그전까지의 종종걸음과는 달리 한여름의 햇빛을 천천히 갈라 나가기 시작했고, 지금은 가끔 은결이 잘 따라오고 있는지 뒤돌아 확인하면서 앞선 걸음을 유지한다. 은결은 도보 속도를 디폴트값으로 낮추고 따라 걷는다. 옆의 2차선 도로에서 차바퀴가 아스팔트를 긁는 소리와 경적 소리 외에, 보도블록 위에는 슈트케이스가 타달거리는 소리만이 들린다. 날이 더워 사람들이 모두 에어컨 아래 숨었거나 탈것으로 이동하는 모양으로, 마주 오는 이도 뒤따라오는 이도 없이 드넓은 보도블록에 단둘이다.

—날이 덥다는 건 어떤 느낌입니까.

스텝다리미질을 마치고 스포팅 머신 위에 상반신을 축 늘어뜨린 주인을 보고 물은 적 있다. 선풍기를 미풍에서 강풍으로 올리며 명정은 되물었다.

—너 뜨거운 거 뭔지 알잖아?

은결은 인공피부가 손상되는 것을 막기 위해 열기와 냉기를 감지할 수 있도록 촉각 신경이 분포되어 있고 내열도는 섭씨 300도까지인데 은결에게 감지한다는 건 정보 입력과 반응 출력, 곧 지식과 학습이므로 느낌을 전해줄 방법은 딱히 없다고 명정은 말했었다. 느낌은 역시 느낄 수 있는 존재에게 들려주었을 때 성립되는 추상적인 개념이며, 은결에게 있어서는 감각기관을 통한 외부 정보의 입수까지가 한계일 거라고 했다. 습득한 정보를 마음속에서 어떻게 굴리는지가 사람이 말하는 느낌의 시작이라고.

그리하여 은결은 사람들의 태도와 반응 관찰을 통해, 볼 수 없고 만질 수 없는 '더위'라는 것을 인지한다. 이마에서 땀을 훔친다. 별로 도움되지 않더라도 연방 손부채질을 한다. 일에 집중하지 못하고 바닥에 들러붙은 젖은 수건처럼 빈둥거리고 뒹군다. 연하 작용이 힘들고 물이나 액상과당음료를 찾는다. 마트나 은행의 에어컨 앞에 입 벌리고 설 때 비로소 행복한 표정을 짓는다.

그런 일련의 양태들과 앞서 걸어가는 시호의 뒷모습에서 공통점을 찾아본다. 그러나 그 어떤 장면과도 일치 비율은 높지 않다. 시호는 양팔을 들어 머리채를 올리곤 손목에 매여 있던 끈을 뽑아다 머리카락을 하나로 틀어 묶는다. 빳빳한 폴리에스테르 혼방 재질로 땀 흡수가 잘 되지 않는 교복 상의 겨드랑이 부분에 투명한 얼룩이 져 있다. 드러난 목덜미로 맑은 땀방울이 서너 줄 흐른다. 은결은 미니선풍기도 부채도 없이 한낮의 지열을 견디며 걸어가는 시호의 뒷모습을 본다. 표정을 알 수 없는데도 어깨의 움직임이나 발걸음이 힘들어 보인다. 그러면서도 가끔 뒤돌아보며 그가 뒤처지지나 않았는지 확인하며 미소 짓는데, 은결은 문득 그녀가 견디고 있는 그 열기와 고통이 어떤 것인지, 그럼에도 불구하고 무엇이 그녀를 미소 짓게 하는지……

알고 싶다

싶다……

알아야 한다고 판단한다

알아볼 필요성을 인식한다

알게 될 것을 전망한다

이중에서 의미의 거리가 알고 싶다와 1센티미터만큼이라도 더 가까운 것은 어느 쪽인지, 은결은 알지 못한다.

……각종 통계와 자료를 분석하여 모르는 상태에서 벗어날 것을 지향한다……

도색만 마치고 달려온 엄마와 교대하기 위해 시호는 엄마의 속옷, 양말, 수건과 세면도구 들을 벽장에 넣어놓은 뒤 빈 트렁크를 벽에 기대놓는다. 백팩을 제외한 양손은 홀가분해졌고 벽시계는 오후 5시 45분을 가리킨다. 드레싱 후 진통제를 맞고 잠든 아버지를 깨우지 않으려고 조심스레 움직인다. 아이싱을 비롯한 초반 응급처치도 신속히 이루어지지 않았던 만큼, 턱에서 상반신 전체에 광범위한 흉터가 남을 테니 완치 후 꾸준히 피부과에 내원하라고 한다. 다 늙어 누구에게 잘 보이겠냐며 두 분 모두 앞다투어 마다할 테지만.

이제 집에 가는 대로, 학원 마치고 밤늦게 돌아올 오빠를 위해 저녁을 차리라는 엄마의 당부에 고개만 까딱해 보이고 6인실을 나선다. 페인트 냄새를 풍기며 밤새 아빠의 상태를 돌볼 엄마, 평생 자기 집이란 걸 가져본 적 없는 엄마는 남의 집 다용도실을 초조하게 도색하는 동안 무슨 생각을 하고 있었을지 궁금하지만 묻지 않는다. 그리고 한번 질문을 삼키면 그것이 식도를 지나 위장에서 분해된 다음 몸 밖으로 영원히 배출되어버렸으면 좋겠다고 생각한다. 삭지 않는 밥알처럼 언제까지고 명치에서 맴도는 거 말고.

병원 1층 로비로 내려와서 그때까지 소파에 앉아 대기 중이던 은결의 어깨를 두드린다.

"많이 기다렸지."

"괜찮습니다."

"나랑 같이 장 좀 보고 들어가자."

은결은 원래의 근무지를 이탈하여 오랜 시간이 지났을 때 주인에게 연락을 취해 안심시켜야 한다는 감각이 없고, 그저 세탁소를 나온 뒤로 3시간 30분이 흘렀다는 수치상 사실만 인지한다. 그동안 세탁소에 일감이 밀렸을 가능성이 있다는 예측 행위가 뒤따르지만, 자신의 부재로 인해 주인이 안절부절못하고 있으리라는 걱정까지는 할 줄 모른다.

그런데 이때의 시호 또한, 사람에게는 너무나 단순한 인과관계—규정된 자리를 정도 이상으로 비울 때는 식구들이 걱정하지 않도록 연락을 드리는 게 좋겠다는, 굳이 언어로 표시할 필요도 없이 몸에 밴 체계—가 실은 고도의 복합 지능과 사고 단계 세분화를 필요로 하는 추리 과정의 일부라는 사실을 미처 파악하지 못한다. 그저 은결이 여기 한참을 기다리면서 아무 소리 않는 걸 보면 로봇과 그 주인은 사전에 얘기가 다 되었고, 로봇의 시간이 오늘 하루 자신에게 오롯이 대여되었다고 믿어 의심치 않는다.

병원 바로 앞 버스 정류장에서 시호는 은결의 손을 끌어 제 앞에 세운다. 은결은 이제부터 자신이 눈을 뜬 뒤로 처음 타보게 되는 버스를 앞에 두고 있다. 색상과 숫자가 제각각인 버스가 몰려와 멈춰 섰다가 떠나는 모습들을 보며, 사람들이 두근거린다고 할 때가 언제인지를 어렴풋이 알게 된다. 그러나 어떤 경우라도 우선해야 할 것은 사용자의 편의이며, 지금은 시호의 목적지까지 가장 효율적으로 도착할 수 있는 버스를 찾아주어야 한다는 판단이 앞선다.

"가실 곳을 말씀해주시면 내비게이터를 맞추겠습니다."

"필요 없어. 늘 걸어 다니던 시장, 여기선 네 정거장밖에 안 하는데 그걸 모를까 봐. 너 먼저 타."

은결은 순식간에 유용하지 않은 무엇이 된다. 그의 정밀한 내비게이터는 자신의 구역과 생활에 익숙하여 자동 출력되는 사람의 행동 패턴에 비하면 거추장스럽고 무거우며, 그는 이 순간 시호의 수하물 이상이 될 수 없다. 그러나 오히려 수하물이기에 이 상황이 의기소침하거나 불안하지 않다.

은결을 태우고 뒤이어 올라가서 시호는 운전기사에게 말한다.

"학생 두 명이에요."

두 명. 두 사람. 둘이라는 말이 주는 울림이……

좋다

시호가 지갑을 갖다 댄 카드 리더기에서 잔액 부족 메시지가 인정사정없이 울리는 바람에 연산과 분석은 중단된다.

"이거 충전한 지 얼마 안 된 건데."

시호 얼굴이 흙빛이 되자 은결은 자신이 뭔가 잘못 수행하여 사용자의 상태가 나빠졌는지를 파악해보려 한다. 시호가 위치를 바꿔서 지갑 앞뒤로 몇 번을 대어보고 심지어는 지갑에서 카드를 꺼내 직접 리더기와 마찰시켜보아도 메시지엔 변함이 없다. 버스 아래에 줄 선 사람들 가운데 몇몇이 빨리 좀 갑시다, 구시렁댄다. 시호는 마침내 교통카드를 포기하고 백팩을 풀어 현금 지갑을 찾느라 가방 속을 휘젓기 시작하나 쉽사리 손에 닿지 않고, 아래쪽에서 기다리던 사람들의 짜증 섞인 핀잔은 극에 달한다. 은결이 바로 이런 때 제 주머니에 든 돈을 먼저 꺼내야 한다는 판단을 빠르게 했다면 일은 조금 쉬웠을 테지만, 시호는 은결의 주머니에 돈이 있다는 사실을 몰랐고, 은결은 주인이 말한 택시가 단지 지나가는 예시가 아닌 절대라고 인식하고 있었다. 주인은 택시 또는 식사를 말했고 버스는 해당사항이 없었다. 따라서 일반상식의 범위 내에서 분석한바 이 장면에서 할 수 있는 최선의 일이란 둘 다 하차하는 것뿐임을 은결이 알아차렸을 때…….

"자자, 셋이에요, 셋. 들어갑시다."

시호 등 뒤에서 누군가가 조용히 어깨를 밀면서 올라온다. 3인의 승차가 이루어지고, 은결은 셋……으로 바뀐 음운의 울림을 고찰해볼 틈 없이 곧이어 밀어닥치는 승객들에게 떠밀리면서 시호와 함께 버스 안쪽으로 깊숙이 들어간다.

"너 뭐야? 네가 여기 왜 있냐."

뒤돌아본 자리에 선 준교를 올려다보고 시호는 눈을 동그랗게 뜨지만, 은결은 로비에 앉아 있는 동안 그가 같은 병원의 접수처와 원무과를 바삐 오가는 모습을 이미 보았다. 다만 준교가 이쪽을 알아차리지 못했으니 가만있었으며, 시호가 물어본 적 없으니 좀 전에 준교 지나가더라는 얘기 또한 꺼내지 않았을 뿐이다.

그러나 시호가 왜냐고 물으니 은결의 인공두뇌에서는 유추작용이 이루어지며, 그의 메모리에서는 얼마 전 세탁소 문밖에서 어깨를 들먹이며 고개 숙이고 섰던 준교 어머니의 영상이 재생된다. ―어떻게 이 지경이 되도록 숨기냐고 사람이…… 호미로 막을 걸 왜 가래로…… 안쪽에서 보일러 돌아가는 소리가 방해되어 닫힌 세탁소 문 너머로 들려오는 목소리가 제대로 입력되지 않았지만, 분명한 건 준교 아버지가 무언가의 정밀 검사를 위해 입원할 예정이었고 그게 오늘인가 보았다.

준교는 대답 없이 버스 차창을 내다보며 딴전을 부린다. 그것은 사람이 무언가를 은폐하고자 할 때의 몸짓이며, 은결은 이 대화가 더 이어져서는 안 된다는 판단을 빠르게 내린다.

"버스 요금을 대신 내주셔서 감사합니다."

"됐어. 가던 길이니까."

심드렁히 대꾸하는 준교의 옆얼굴에 대고 은결은 이어 묻는다.

"그런데 실례가 되지 않는다면 왜 셋인지 여쭤도 됩니까."

이번에는 시호와 준교가 나란히, 무슨 말도 안 되는 소리를 하느냐는 듯 은결을 바라본다.

"당연하지 않아? 사람이 셋 탔는데 세 명이지."

시호가 그렇게 말하자 은결은 이 버스에 머물러 있는 동안만은 자신이 승객의 수하물 아닌 사람으로 간주될 것임과 더불어, 그때 갑자기 인공심장의 움직임이 빨라지고 거세어짐을 인식한다. 그러나 준교가 이죽거리며 산통을 깬다.

"그러게. 왜 셋이나 냈지? 내가 실수했네. 사실은 이런 사정이 있다고 저기 서서 설명하기도 번거롭고."

"너 왜 애를 앞에 두고 그런 식으로 말하냐?"

"아니 신경 쓸 것 없다고. 첼로니 베이스니 비싼 악기 끌고 다니는 사람들도 비행기 두 자리씩 끊어 가잖아."

"지정좌석제랑 같냐? 그보다 왜 자꾸 그렇게 말해? 볼 줄 알고 들을 줄 아는 애 앞에서 그리 말하면 좋냐? 움직이고 말하고 알 거 다 아는 애 앞에서."

"좀 따지지 마. 귓가에서 쫑알쫑알 시끄럽네."

어느새 둘은 평소와 다를 바 없이 바로 어제 만난 것처럼 티격태격하고, 은결은 아까 낮에 몸속을 타고 흘렀던 '인간으로 치자면 안도의 한숨'과 비슷한 상태에 다시 접촉한다.

처음 와보는 시장 입구에서 가장 먼저 쏟아져 들어오는 감각은 소리다. 사요 사요, 한 단 떨이, 한 팩에 삼천 원 두 팩에 오천 원, 오늘만 파격 세일, 내일 다시 안 와요, 언니 들어와봐, 자리 있어. 은결의 인공고막은 130데시벨까지의 소음을 견디도록 설계되었으나, 조금 전 타고 온 버스 엔진과 경적과 승객들 잡담 같은 파편적 소음과 달리, 구체적인 하나의 목표를 위해 터뜨리는 열망에 가득 찬 목소리들의 혼잡은 세상 어떤 폭음보다 큰 파형을 그리며 그를 흔든다. 은결은 순간 공간감각에 혼선이 생기지만 곧 정상 궤도를 되찾는다.

소리와 거의 동시에 날아와 꽂히는 각종 냄새가 장소의 특성을 결정짓는다. 너무나 다양한 후각 정보가 한꺼번에 인공신경을 타고 흐르는 바람에, 그것이 결코 처리가 불가능한 용량은 아니지만 뒤섞이면서 냄새 간 구별이 어려운 순간도 경험한다. 그러나 냄새가 난다고 해서, 그 냄새들이 뒤섞여 방향 및 운동 감각을 잃을 수 있다는 이유로 코를 싸쥘 수는 없다. 은결에게 있어서 후각 정보는 콧속으로만 들어오는 게 아닐뿐더러, 사람이 보는 앞에서 곧바로 코를 막으면 그걸 목격한 사람에게 불쾌감을 유발한다는 최소한의 매너도 입력되어 있다.

그러니 고스란히 스며드는 냄새를 바쁘게 코드화하여 처리할 수밖에 없다. 은결은 내장된 후각 정보와 쏟아지는 외부의 정보를 비교한 다음 일치 비율에 따라 분류하기 시작한다. 쩍 소리와 함께 반으로 갈라지며 흥건한 즙을 뿜어내는 수박. 떨어지자마자 누군가의 부주의한 발이나 자전거 바퀴에 밟혀 알맹이가 터진 포도송이. 대량의 얼음 위에 일렬로 누워 사시미다이의 집행을 기다리는 물고기. 그라인더로 갈리는 소고기. 바로 옆에서는 솥뚜껑이 열리자 하얀 김이 솟아오르는 돼지고기. 화학약품 처리가 된, 켤레 만 원의 인조가죽 신발. 갓 짜낸 한약. 갓 구운 식빵. 그리고…….

앞서 걸어가던 시호는 채소 점포 앞에 멈추더니 대파와 당근, 애호박과 감자를 조금씩 덜어 계산하고 에코백을 은결에게 넘긴다. 두 팔에 장바구니를 안자, 후각인 듯도 촉각인 듯도 한 알싸함과 함께 턱밑으로 올라오는 대파의 냄새. 파뿌리에 묻은 젖은 흙의 냄새.

그런 은결의 뒤로는 조금 떨어져서 준교가 털레털레 따라오다가 내뱉는다.

“대충 사고 안 들어갈래?”

“넌 왜 따라 내려갖고 툴툴대는데? 어차피 너 집에 갈 거였으면 한 정거장 먼저 하차 찍고 내려도 아무도 뭐라고 안 하는데.”

시호가 뒤돌아보지도 않고 대꾸하자 준교는 혀를 찬다.

“아니 됐다. 쫓아오길 잘했지. 너 하는 거 보니까 얘 뒤따라가다 잃어버리기 딱이다. 어떻게 이런 데를 끌고 오냐. 없어지면 어떡하려고.”

“수시로 살피거든? 그리고 설령 엇갈린대도 내비 들어 있잖아.”

“너 위성 지도 보는 거랑 실제로 가서 걷는 거랑 칼같이 똑같았던 적 있냐? 가뜩이나 시장에 사람도 바글바글 롤테이너도 들락날락, 얘는 그런 사소한 거라도 다 영향 받아서 오류 날 거란 생각은 못 하지?”

준교가 말하는 오류까지는 아니지만, 은결은 최근 갱신된 위성 지도로 확인한 동일한 장소라 하더라도 거기 있는 사람들의 수가 갑자기 늘어나거나 랜드마크가 사라지거나 하면 연산과 분석에 분명 영향을 받는다. 게다가 그가 가진 지도는 큰길과 골목길을 비롯하여 인터넷에 등록된 대형 쇼핑몰 내부 정도는 표시되지만 거미줄 같은 시장 골목과 그 점포 하나하나가 나타나 있지는 않다. 은결은 자신이 이곳에서 시호의 뒷모습을 놓치기라도 하면 혼자서 출구를 찾기가 거의 불가능하리라는 걸 안다.

시호도 준교 말뜻을 알아챘는지 무안한 듯 어깨를 으쓱해 보이다가 문득 눈에 띄는 대로 분식집 앞에 멈춰 서서 말한다.

"알았으니까 안심하고 너 먼저 가시라고요. 난 종일 땀 흘려 가며 일했더니 배고프다. 아주머니, 김밥 한 줄요."

"치사하게 너만 먹냐."

"아 진짜, 떡볶이도 하나요."

그 앞에 서자 은결은 또다시 새로운 후각 정보에 에워싸인다. 어묵국. 라면. 식용유로 볶은 채소와 소시지. 참기름 바른 김…… 쿠리터분하다 아니다 들큼하다 좀 다르다.

고소하다

초중고생들 보습학원이 막 끝난 시간인지, 사방이 확 트인 분식집에는 각색의 교복 입은 아이들이 둘러앉았고 태권도복 입은 아이들도 꼬물거리며 둘레에 달라붙어 있다. 그 인파에 조금씩 밀려나면서 은결은 마땅히 서서 기다릴 자리를 찾지 못하고 주춤거리는데, 떡볶이 한 개를 막 입속에 밀어 넣으며 시호가 손을 잡는다.

"어디 가지 말고 있어."

볼을 오물거리는 시호 입가에 묻은 다홍빛 양념장을 은결은 빤히 바라본다. 양파와 고추장과 화학조미료가 네모 철판 안에서 오래도록 끓어 올라오는 냄새가, 그녀의 입가에서도 희미하게 묻어나온다. 색깔은 곱고 맛있어 보인다. 맛있는 걸 먹었을 때 사람이 어떤 느낌에 사로잡히는지를 알지 못하나, 그 입가에 묻은 소스 흔적만으로도 맛있음을 알겠어서 그대로 바라본다. 한 개의 점에 불과하여 한번 슥 혀로 핥자마자 지워지는 저 붉은 자국이야말로, 사람에게 후각이 있는 가장 중요한 까닭일 것이다. 하나 사람 못지않은 후각기관을 가지고 이런저런 냄새를 모두 인식 및 구별한들, 은결에게는 그 자신을 위한 의미란 없다. 그의 후각 정보는 피비린내나 탄내에 토사물을 비롯한 각종 분비물, 누출된 가스 내지는 독극물 등의 유독물질 냄새와 같이 사람의 일상과 위생에 위협이 되는 냄새를 지각할 때나 유용하다.

이때 마지막 남은 김밥 한 개를 입에 골인시키고서 준교가 말한다.

"넌 나더러 애 앞에서 못하는 말이 있느니 없느니 해놓곤, 먹지도 못하는 애가 그렇게 빤히 쳐다보는데 그게 넘어가는구나."

"그러는 저는 입에 김밥 한 줄 거의 다 쓸어 넣고선."

"됐다, 가자. 아주머니 여기 사천 원요."

"나 아직이다, 미친. 그리고 왜 네가 내?"

"그냥 쏠 때 먹어, 이런 기회 잘 없어."

"기다리겠습니다. 식사 천천히 마치세요."

은결은 다만 입가의 붉은 자국을 바라보고 있었을 뿐이지만 그것이 시호에게 불편을 줄 수 있다는 사실을 알고 시선을 다른 데로 돌린다. 돌아본 곳은 유리가게다. 세공과 테두리 장식이 끝난 거울들이, 매장 안에 다 들여놓지 못한 듯 쇼윈도 바깥까지 즐비하게 나와 통행로만 간신히 확보된 상태로, 하나하나 묵직해 보이는 데다 몇 장씩 노끈으로 묶여 있으니 와르르 넘어질 일은 없겠지만 누군가 지나가다 걷어차기라도 하면 위험할 것으로 인식된다. 에어캡을 씌우도록 가게 주인에게 일러야 한다고 판단하며 앞으로 한 발 다가가다 은결은 멈춰 선다.

거울 안에 누군가가 있다.

그 사람도 대파 끝이 솟아 나온 장바구니를 품에 안고 있다. 은결이 거울 앞에 한쪽 무릎을 접고 앉자 거울 안에 있던 사람도 그렇게 한다. 한 손을 뻗자 역시 한 손을 엉거주춤 내민다. 두

손은 서로 닿지 않는다. 그는 샘플이기에 분명 로봇의 거울 실험을 직접 통과했을 테고 실험 내역 또한 메모리 어딘가에 비활성 상태로 고이 잠들어 있으리라는 사실을 알며, 이론상 거울에 비친 사람이 자기 자신의 모습임을 인식한다. 그러나 전원이 들어오고 깨어난 뒤로 자신의 모습을 이렇게 가까이에서 들여다보기는 처음인 것이다. 집에 유일한 거울은 욕실 벽에 비스듬히 기대어져 있는데, 주인은 정도 이상으로 물이 튈까 염려하여 욕실 청소만은 하지 말 것을 지시했었고 은결은 그 말을 충실히 따랐다. 욕실 문이 열려 있어도 그 안을 들여다보지 않았다. 메모리에서 불러낸 화상이 아닌, 태어나 처음 들여다보는 자신의 모습은……

신기하다

공포스럽다

어떤 말을 뒤이어 붙이는 게 자연스러운지 은결은 알지 못한다. 거울들은 나란히 여러 개 붙어서 있고, 각 거울마다 비슷한 모습이 각도만 달리한 채 비친다. 각도가 다른 상태에서 시각장치에 입력되는 그 수많은 픽셀들은, 합치고 보면 은결 자신의 형상과 유사하나 100퍼센트 동일하지 않다.

거울에 맺히는 상들이 그의 전방 카메라를 위협적으로 덮쳐와 그는 시선을 왼쪽으로 돌린다. 거기에 또 하나 거울이 기대어져 있고 안에는 자신을 닮은 무언가가 대파 꽂힌 장바구니를 품에 안은 채 꿇어앉아 있으며 그와 같은 상이 무한화서를 그리고 있다. 고개 돌려본 오른쪽에도 거울 하나가 가게의 가두리에 기대어져 있는데 그 안에도 자신을 닮은 모습이 연속된다. 자신은 분명 몸이 한 개임을 알고, 마주한 두 장의 거울에 맺히는 상은 끝없이 증식한다는 지식도 갖추고 있지만…….

"이거 다 너야. 알지?"

그 상 안으로 익숙한 얼굴이 들어오자, 폭발 직전으로 수행되던 은결의 연산 속도는 안정 범위에 접어든다. 그녀의 얼굴이 나란히 놓이자, 수많은 상의 겹침 한가운데서도 그것이 동일한 그녀임을 알아볼 수 있다. 그녀가 옆에 있음으로 인해 은결은 무한히 반복되는 자기가 자기임을 인식한다.

그때 둘 사이로 끼어든 준교의 얼굴이, 거울에 비친 얼굴들에다 대고 묻는다.

"다 먹었으면, 아까부터 궁금했는데 나 하나만 좀 확인하자."

"뭔데."

시호는 자기도 모르게 마치 태어나 처음 거울을 보는 것처럼 은결 옆에 그대로 쭈그리고 앉은 채, 역시 거울 속 준교한테 되묻는다.

"너 아저씨한테 얘 이렇게 오래 데리고 있겠다고 전화 한 통드리긴 했냐?"

생각지도 못한 부분에 시호는 퍼뜩 놀라선 준교를 돌아보고 펄펄 뛴다.

"아, 나 어떡해! 그래야 하는 거였나? 근데 전화 배터리 다 나갔어. 네 것 좀 줘봐!"

그때까지도 은결은 거울 앞에서 떠나지 못하고, 이미 그녀가 빠져나간 거울 속 빈 자리를 응시하고 있다.

아이들이 몇 번이나 허리 숙이는 걸 다독이고 돌려보낸 뒤 명정은 은결에게 묻는다.

"그 댁 아버지 상태가 어떠신지는 아까 시호한테 물어봤으니 됐고. 그래 시장 다녀왔다고. 재미있었니?"

"예, 재미있었습니다."

버튼을 누른 것처럼 1초의 사이도 두지 않고 즉답이다. 주인이 경험에 대한 재미를 물었을 때, 은결은 사람의 기준에서 객관적 보편적으로 명확히 부정적인 일을 겪지 않은 이상 긍정의 대답을 하게 되어 있다는 사실을 알면서도 명정은 안심한다. 재미야 어쨌든 최소한 나쁜 일은 생기지 않았다는 뜻이니까. 한편 은결은 아까 아이들이 사정 설명을 길게 한 뒤에도 어쩔 줄 몰라 하는 얼굴로 떠난 걸로 보아서, 자신이 주인 옆을 비웠다는 사실에 무언가 문제가 있음을 알게 된다.

"앞으로는, 원치 않으시면 곁을 떠나지 않겠습니다."

"아니다, 아니야. 그런 게."

은결은 건조가 끝난 일반 빨래들을 꺼내 종류별로 정리하기 시작한다. 가지런히 개켜지는 수건과 셔츠의 틈마다, 뭐라 말하면 좋을지 모르겠다는 듯한 명정의 침묵이 두 겹으로 접히며 차곡차곡 쌓인다.

"너는 네가 원하면, 아무 때고 어디든지 가도 된다."

원하면, 이라는 조건절이 은결에게 합당한지 마음에 걸리지만 명정은 말을 이어간다.

"전원이 나가기 전에, 여기로 돌아오기만 한다면 말이다."

다림질과 건조가 끝난 옷을 차례로 비닐로 씌우면서 문득 돌아본 텔레비전에서는 지구촌 화제 영상 편집본이 나온다. 뉴스와 증권가 소식 사이에 나오는 훈훈한 미담이나 황당한 사건 소개로 정치 경제와 무관한 가볍고 짤막한 이야기들이며 다루는 주제는 80년 만에 도착한 연애편지라든가, 지구 반대편으로 각각 입양되었다가 우연히 한 여행지 내지는 일터에서 조우한 쌍둥이의 기쁨, 희귀 질병의 수술에서 살아남은 아기의 기적 등이다. 은결은 작년부터 이 코너를 즐겨본다. 즐기는 감각이 있다고 간주한다면.

은결은 이제 두 가지 이상의 일을 동시에 할 수 있다. 반복 학습을 통해 멀티태스킹이 새로운 행동 패턴으로 입력되어서다. 사람이라면 매사 아무렇지도 않게, 그것을 해낸다는 의식조차 없이 하는 일들. 가령 명정은 손으로는 다림질을 하면서 눈으로는 텔레비전 뉴스를 보고 귀로는 그 소리를 들으며 입으로는 기사에 대한 논평까지 할 수 있다. 그것을 곁에서 내내 지켜보고 모방한 은결은 요즘 다림질 시간이 3분으로 단축되었고, 지금은 설거지를 하면서 노래를 부르는 일도 가능해졌다.

노래를 불러서 흥이 나거나 반대로 흥이 나서 노래를 부르는 건 아닐 테니 그건 아마도 주인에게 어떤 도움되는 정서를 제공하기 위한 행동을 스스로 학습한 결과다. 학습력과 멀티태스킹 수준은 나날이 향상한다. 예컨대 설거지 도중 가스레인지 위의 찌개가 끓어 넘치면 하던 일을 중단하고 불부터 끄러 이동해야 한다는 상황 판단체계는 원래부터도 갖추었으나 최적의 타이밍을 맞추는 데에 다소 어려움이 있었는데, 이제는 그런 일들에 정밀성이 높아진 것이다. 사람의 말을 계속해서 듣고 한번 저장한 명령을 잊지 않으면서 사람을 흉내 내는 동안, 인공두뇌에 일종의 진화가 천천히 일어났다고 볼 수 있다. 지금은 ① 설거지하는 도중 ② 냄비가 끓어 넘치고 ③ 그와 동시에 현관 초인종이 울리면 해결 순서가 ②-③-①이어야 바람직하다고 파악하며, 그 신속한 처리는 연산과정이 생략된 게 아닌가 싶은 착각마저 불러

일으킨다. 세탁소에서 일하는 동안 지금 같은 경우는 손님이 눈 앞에서 기다리는 게 아니니 텔레비전과 손에 든 옷걸이 중 어느 쪽을 우선시해야 한다는 법이 없는데, 이때 행동 패턴은 보통 둘을 동시에 한다 쪽으로 이루어지며, 한 장소에서 발생한 사건이라면 메모리에 과부하가 걸리지 않는 이상 몇 가지든 동시에 할 수 있다.

그때 문득 비닐을 씌우던 은결의 손이 멈춘다. 그 멈춤이 갑자기 스위치를 내린 듯한 동작의 끊어짐이 아니라, 사람이 무언가에 마음을 사로잡히거나 적어도 어렴풋한 호감을 가질 때 자기도 모르게 어깨를 팽팽하게 죄었던 긴장의 나사가 풀리듯이 스르르, 손길이 자연스러운 곡선을 그리며 아래로 떨어진다.

지구촌 화제 영상에서 뭐 얼마나 대단한 소식을 뽑아왔기에 저러나, 명정은 벌어진 솔기를 박다 말고 텔레비전 소리가 잘 들리도록 재봉틀을 잠깐 멈춘다. 제 동족이라도 발견하지 않고서야 저런 반응은 나오기 힘들 텐데. 막상 바라본 화면에서는 새로운 안드로이드 개발이나 인공지능 전쟁 같은 소식이 아니라 로스앤젤레스 한인 타운의 어느 세탁소 이야기가 나온다. 아, 우리와 같은 세탁소 얘기여서 녀석이 집중하고 봤구나 싶어 명정은 슬그머니 미소 짓는다. 동류(同類)와 이류(異類)를 단지 구별하는 행위를 넘어 동류의 범위가 점점 넓어지고 동류에 정서 비슷한 반응을 보이다니.

그전에 은결은 제목이 기억나지 않는 일일드라마인지 휴먼 다큐인지 모를 한 장면이 스쳐 지나갔을 때, 엄마와 아이가 욕조에 들어가 서로의 어깨를 잡고 젖은 이불을 발로 밟으며 웃음을 터뜨리는 모습을 보면서 한동안 가만히 있다가 옷을 태워먹을 뻔했던 적 있다. 뭘 그리 유심히 봤느냐 명정이 묻자 은결의 대답이, 처음에는 뭘 하는지 몰랐는데 보다 보니 이불 빨래를 한다는 걸 알게 되었고, 세탁을 어떻게 저런 식으로 할 수 있으며 저렇게 했을 때의 장점이 무엇인지 다른 방법은 정녕 없는지 분석하면서 보느라 손에 쥔 다리미를 잊었다는 것이다. 적지 않은 집에서 아직 이불을 밟아 빨래하기도 하며 좀 전의 장면은 모자 간 화목함을 강조하기 위한 전략적 장치일 뿐이라는 주인의 말에 은결은 곧 새로운 학습을 저장했다는 듯 일상 업무 모드로 돌아갔었다.

그때 명정은 로봇이 외부의 다른 자극에 몰두하면 그전까지의 작업을 중단하거나 잊을 수도 있다는 사실이 신선하고도 의아했는데, 샘플인 만큼 어딘가 불안정한 데가 있는 모양이라고 곧바로 대수롭지 않게 수긍하면서 손님들에게 그 얘기를 들려주었다. 인공지능의 고도의 계산 능력과 무한한 가능성을 믿는 준교는 한번 작업 과정이 입력된 로봇에게 고장이 아니고서야 그런 일이란 있을 수 없다며, 무언가의 중대한 오류일 가능성을 제기했었다.

지금 화면에 떠오르는 지구촌 화제의 내용은, 35세의 세탁소 주인이 자주 들르는 여성의 옷을 클리닝하고 돌려줄 때 상의 주머니에 그녀 모르게 씨앗을 한 줌 슬쩍 넣어두었다는 사연으로, 주인은 수줍음 때문에 그렇게밖에 마음을 표현할 줄 몰랐고, 최악의 경우 고객이 클리닝된 옷에 이물질이 들었다며 클레임을 걸 수도 있었는데, 다음해 봄 그녀는 그 씨앗으로 꽃을 피운 화분을 가져옴으로써 대답을 대신했다는 이야기다.

기승전결이 명확하고 훈훈한 콩트. 참신하지 않으나 보편적으로 선호되는 패턴을 지닌 동화. 물속에서 이불을 밟는 모자의 웃음을 이해하지 못했던 로봇이, 이제는 저런 일상의 기호에 반응할 줄 알게 되었나.

지나친 생각. 그야말로 세탁소가 배경이어서 한 번 더 눈길이 갔을 뿐. 명정이 돌아보니 은결은 꽃 구애 이벤트 소식이 지나가고 고공 또는 수상에서의 위험천만한 익스트림 스포츠 장면들이 이어지자 언제 그랬냐는 듯 비닐 씌우는 작업을 계속하고 있다. 이번에는 화면에 눈길을 주지 않고 눈앞의 옷과 비닐에 집중한다.

아이들은 여기서 만나자고 약속이라도 한 양 거의 동시에 밀고 들어와 각자의 교복을 찾기 위해 손을 내민다. 어, 너냐, 오랜만. 서로의 얼굴을 알아보며 데면데면한 시선이 오간다.

대각선으로 마주한 빌라와 상가 건물에 사는 이웃이지만 거의 반년 만에 보는 셈이다. 중학교에 이어 고등학교도 멀리 있는 데로 다니는 준교는 이 구역 학교를 다니는 시호보다 30분 먼저 집을 나선다. 중학교 때보다 수업 시수가 늘어나고 보충에 무슨 모임에 활동까지 마치고 나면 밤에나 들어온다. 은결은 9시에 세탁소 셔터를 내릴 때 종종 어둠 속에서 귀가하는 준교를 본 적 있다.

한편 시호는 일주일에 월화목금 나흘간은 준교보다 더 밤늦게 다니는데, 학교 끝나면 곧바로 학원 두 과목 다니고 패스트푸드점 야간 타임에 들어가서 자정에 끝난다는 것이다. 미성년자 노동법에 위배되는 시간에 일하지만 시호가 간절히 매달려서 얻어낸 자리라 점주도 다른 알바생들도 모른 체한다.

이들이 다음 주 3월이면 벌써 고교 2학년이다.

시호와 준교의 교복을 은결이 양손에 꺼내온다. 시호는 감색 더플 재킷에 아가일 패턴의 니트 베스트와 회색 플리츠 스커트로 보편적인 형태이며 준교 것은 와인색 헨리네크 타입의 블레이저에 다크 베이지 톤의 바지다. 이 근처에선 준교 말고는 한 번도 본 적 없는 교복이다. 다른 구에 있는 학교라는데 교명을 물어본 적 없으니 교복 색깔만으로는 검색되지 않는다. 울과 아크릴 혼방 겉옷에 캐시미어 카디건과 조끼, 드레스셔츠와 하의까지 풀세트라는 점을 감안해도 아이들의 교복은 한 손에 들기에 무게감이 느껴진다. 그들은 이렇게 무거운 걸 입고 6년에서 최장 12년간 교실의 조그만 의자에 붙들려 공부한다고 한다.

에어건으로 얼룩을 빼던 명정이 고개를 내밀고 아이들을 반긴다.

“시호 오늘은 웬일로 화장을 다 했나. 예쁘네.”

“예? 웬일이래. 제가 너무 오랜만에 왔나 봐요. 저 이러고 다닌 지 반년도 넘었는데."

"그러고 학교를 가?"

"섀도랑 틴트 정도 안 하는 애들이 없는데요? 제가 아마 아는 애들 중에서 제일 늦게 시작했을걸요. 선생님들도 칠판 코앞에서 수업 시간에 바르는 거 아니면 가만 냅두는데."

"어쩌다 가끔만 해. 얼굴 확 상하고 나중에 후회한다."

"알바 가는 날은 찍어 발라야지 방법 없어요. 빵에 패티랑 양상추만 올리는 게 아니라 돌아가면서 카운터 주문도 받아야 하거든요. 손님 마주 대하는데 쌩얼로 오지 말라고. 웃겨 죽어. 파는 게 햄버거인지 나인지 모르겠다는 생각도 가끔 드는데 그래도 거기 아니면 그 시간에 써주는 데가 없어서요."

명정은 시호가 제 용돈과 학원비를 스스로의 노동으로 충당하면서, 제가 번 얼마 안 되는 돈을 온전히 자신만을 위해서 쓴다는 사실조차 감지덕지하게 여기고 있음을 안다. 그가 아는 한 시호는 이웃집 외아들인 준교와는 달리 집에서 썩 좋은 대우나 최소한 이해를 받으며 자라난 편도 아니며, 근린 가정 대부분이 그렇듯 하루 벌어 하루 사는 집안의 딸이다. 그동안도 시원치 않았던 팔꿈치와 무릎이 이제 거의 나간 엄마는 페인트칠을 그만두고 홈쇼핑 업체의 인바운드 상담원으로 일하며, 앉아서 일하는 대신 귀가 썩어간다는 말을 입에 달고 산다. 아버지는 한여름에도 목에 토시를 감고 긴팔 옷을 입고 지인의 샤브샤브 식당에서 밥을 볶은 뒤 집에선 밤마다 땀띠약을 바른다. 2년제 대학을 마친 오빠는 곧 군대에 갈 예정이다. 그들 가족은 아버지가 10년 전 파리 날리는 칼국숫집을 접으면서 이미 빚을 많이 진 상태로 그나마 모인 돈은 오빠의 등록금이나 아버지의 광범위한 흉터를 줄이는 데 다 나가고 오히려 빚이 불었다. 오빠는 제대하자마자 취업전선에 뛰어들겠지만 제 몸 비비고 들어갈 데가 있기나 한지 의문일뿐더러 자리를 잡기까지는 오랜 세월이 걸릴 터다.

그럼에도 스스로의 가능성을 추호도 의심하지 않는 맑고 치열한 눈매와, 이 세상에 잠복한 모순의 전염성과 지뢰처럼 매설된 불의의 무늬를 인식하면서도 거기에 도무지 질 것 같지 않은 미소를, 고단한 시기에 예민한 나이까지 잃지 않고 지켜왔다는 점을 명정은 높이 산다. 아이들 보기엔 구닥다리 어른의 고정관념이겠지만 인디언핑크색 입술이나 눈꺼풀에 그어진 날렵한 음영보다 바로 그런 점이……

"예쁩니다."

순간 그게 제 목소리인 줄 알고 명정은 흠칫한다. 인공성대를 타고 흘러나오는 소리가 울려 퍼지자 세탁소 안에는 정적이 흐른다.

"……뭐?"

시호 얼굴에 경이로움 혹은 당혹스러움이 명멸하다가, 시호는 이제 눈높이가 거의 비슷해지는 은결의 어깨를 호들갑스레 두드린다.

"깜짝이야. 깜빡 속아 넘어갈 뻔했네. 아저씨, 이거 그거다. 그렇죠? 분위기 척 봐서 맞장구도 쳐주고 비행기도 태워주고 그거, 뭐라고 하지. 그 무슨 상호 인식 센서였나. 어쩌면 이렇게 나날이 발전해요? 초기화하면 진짜 아깝겠다. 지금까지 배운 게 몇백 페타바이트나 될까."

"어…… 나도 요즘은 걔를 잘 모르겠다. 난 아무 생각 없이 무심히 말해도 저 혼자 알아서 척척 저장하고 꺼내고 하나 본데 늙은이 머리로 어떻게 따라가나."

명정이 어깨를 으쓱해 보인다. 농담이 아니라 그는 요즘 들어 정말로 은결이 제 스스로 경험과 학습을 직조하여 도출한 결과물이 예측 가능한 범위를 점차 벗어나고 있다고 느낀다.

"아무튼! 진짜 예쁘다는 줄 알았잖아. 미안하지만 긍정적인 반응을 유도하는 대화 매뉴얼 같은 거, 나한테는 안 통한다고."

"예쁜데."

중얼거리듯이 입술 사이로 새어나오는 말에, 시호는 물에 젖은 스웨이드 가죽처럼 굳어선 소리의 진원지를 찾지만, 은결은 음원 위치 추적 알고리즘을 가동하지 않더라도 그 말소리가 공기 중에 떠다니던 모든 미세 잡음을 장악이나 한 양 깨끗하게 알아듣는다.

"뭐래, 돌았나 봐."

마치 자신이 낸 소리가 아니며 실수로 바구니에서 흘린 달걀이 굴러가는 소리나 되는 듯 눈을 마주치지 않는 준교의 옆얼굴을 빤히 바라보다, 시호는 제 교복을 잡아채곤 세탁소를 나선다.

은결의 인공두뇌는 가열한 연산을 수행한다. 주인과 은결 자신과 준교가 모두 동일한 내용의 발화를 했는데 거기에 대한 시호의 반응이 세 번 다 달랐으므로 그 원인을 파악하기 위해서다. 첫 번째론 흘려듣고 대수롭지 않다는 대꾸, 전혀 신경조차 쓰이지 않으며 꼭 진심이 담겼다고 볼 수 없는 인간 사이의 의례행위이자 인사치레로 간주하는 반응. 다음으론 기연가미연가 고개를 기우뚱하는 몸짓, 약간의 의아함, 이어서 찾아온 안도와 웃음. 그런데 마지막엔 어째서 분노를 닮은 반응이었을까.

—돌았나 봐.

그건 어쩌면 분노가 아닌 게 아닐까. 표정과 음성 인식 기능이 일시 손상을 입기라도 했는지, 이 과제에 한해 은결의 연산은 더 이상 수행되지 못하고 파기 상태에 머문다.

그 대신 시호의 손짓과 입술의 움직임이나 말투가 어느새 부호화되어 은결의 메모리로 입력되더니, 그녀가 자리에서 떠난 뒤에도 스키드마크처럼 남아 있다. 화소 불량이 아니라면 잔상 같은 게 맺힐 리가 없는데. 시야에 차오르는 영상과 함께 그녀의 음성이 청각 센서를 흔든다. 인간들이 급격한 스트레스로 인한 신체 이상 시에 느낀다는 환시와 이명이 어쩌면 이런 것이겠다. 은결은 잔상을 제거하고 그녀 존재의 잔영을 장기기억장치로 이동시킨다.

그러다가 은결의 시각 센서는 그때까지도 심상한 표정의 준교한테서 조금 전과 달라진 부분을 포착한다. 시각적이고 단순한 자극으로 화제를 돌리면 이 상태를 모면할 수 있으리라는 판단과 함께, 은결은 자신이 들고 있는 교복의 블레이저 색깔과 준교의 귀를 번갈아 보곤 입을 연다.

"여기가."

은결은 한 손으로 제 귓바퀴를 잡아당겨 보이며 말을 잇는다.

"붉은색입니다."

"뭐?"

"이 상의와 비슷한 색상 값으로 파악됩니다."

"닥쳐."

"예."

전화기 밑에 세탁비를 괴어놓고 교복을 채가는 준교는 그러고 보니 얼마 전보다 또 키가 자랐다. 자주 보는 사람이면 알아차리기 힘든 차이를 은결은 금세 객관적인 수치로 파악한다. 173센티미터다. 처음 만났을 때 시호와 마찬가지로 은결을 올려다보았던 준교는 언제부턴가 내려다보기 시작하더니 점점 시선이 높아졌다. 교복은 충분히 여유를 둔다고 두었음에도 한 해가 멀다 하고 치수를 올려 맞추어서 준교 엄마는 한숨 섞인 미소를 짓곤 했었다.

"준교는 학교에서 또 무슨 상 받았다고 네 엄마가 자랑하시더라."

"아, 그거 별거 아니에요. 장려상이면 거의 참가상 수준이라 수행평가에 크게 영향도 못 주고 괜한 걸."

"그래도 무슨 과학 경진대회? 발명왕 대회였나, 아무튼 영재 발굴이 어쩌고 하는 거라던데."

"그건 뭐 우리 학교 다니면서는 한 번씩 다 해보고 넘어가는 거라서요."

대답하는 준교의 말투는 겸손하기보다는 심드렁하다. 정말로 관심이 없거나 설령 있었던들 관심의 끈을 모두 놓아버렸다는 듯. 거기에 온전한 체념과 몸에 밴 평온만 담겨 있지 않고 미련과 회한 또는 불안이 점점이 묻어 나온다는 것까지는, 은결의 청각이 읽어내지 못한다. 그럼에도 은결의 인공신경은 극미량의 진동으로 부풀어 오르며, 메인 시스템이 그것을 이상 증세로 감지한다. 은결은 문득 지지난주 다녀간 준교 엄마와 주인과의 대화를 메모리에서 간략 재생한다. 당시 옆에서 주의 깊게 듣고 선 게 아니어서 자기도 모르는 새 단순 입력만 되어 있었던 모양으로, 의식적인 출력을 하자 그들 대화의 내용이 기억에 또렷이 떠오른다. 이건 사람들이 최면 상태에서 자기도 모르게 무의식에 잠든 오랜 기억을 끄집어낸다는 행위와 비슷할 것이다. 준교 엄마는 왠지는 모르지만 울고 있었다…… 입퇴원을 수시로 반복하던 준교 아버지가 좀 더 큰 대학병원에 옮겨간 모양이었고…….

"그러면 너 과기대인지 그런 데로 가는 데 전연 도움이 안 돼?"

"진작 내신 때문에 텄어요. 지난 학기부터 석차 밀려나서 장학금도 잘렸고, 이왕 2학년 올라가는 마당에 졸업까지만 억지로 마치자는 거지."

은결의 메모리에 스쳐가는 준교 엄마는 눈물을 훔치곤……
―애는 2년만 버티고 대학은 상황 봐서, 능력만 있다면 뭔들 못 해주겠냐만 지금은 애아빠가 우선이니까. 아뇨, 그건 이미 늦었고 희망은 그다지. 그래도 가능하면 편하게 가게 도와야죠.

"그거 아쉽네. 너 옛날에는 뭐랬나, 세계에서 제일 잘나가는 공학자가 되어서 우리 은결이 부품 새로 맞춰주겠다고 했었지."

웃으며 말하는 명정은 그것이 어린애다운 한때의 호기에 불과했음을, 현실은 그리 순진하지도 녹록지도 않음을 안다. 무엇보다 그런 일이 가능한 미래라는 게 올 리나 있는지부터, 이 시절엔 누구에게나 막연하다.

"일단 장학금 주는 데 아니면 못 갈 거 같아요. 그건 안 잊어버렸어요. 그런데."

준교는 카운터에 신문과 섞여 있던 이면지를 집어다가 은결의 이마를 살짝 때린다.

"눈알 굴리지 마라. 지금 아주 고속도로 타고 달리거든."

전방 시각 센서의 움직임은 사용자들이 거의 못 알아차리거나 설령 눈치 채더라도 거부감을 느끼지 않을 만큼 진동 범위가 작게 설계되어 있는데, 눈 한번 제대로 마주치지 않은 준교가 금방 알아차린다. 경진대회나 입상 내역 등의 대화로 추론하건대 학교에서 기계 회로나 프로그램을 매일 만져 익숙할 것이다. 준교는 그대로 종이로 눈을 가려버리고, 은결은 이런 때 어떻게 반응해야 하는지에 대한 정보가 부족하다. 이 반응은 분명 행복이나 호감의 좌표에 속해 있지 않고 동작도 음성도 적대적이니, 로봇의 원칙에 입각하여 자신의 신변에 문제가 닥친 것으로 간주하고 상대를 공격해야 할 것 같지만, A4 사이즈의 종이 한 장 정도가 위험의 기준이 되기는 어렵다. 인간의 행동과 관습은 최초의 인간이 있었을 때부터 지금까지 누적 패턴화되어 일상생활에서 반응 출력이 쉽게 예상되는 만큼이나 그 반대의 경우도 많은데, 그것은 로봇에게 존재하지 않는 충동과 싫증이라는 특성이 있기 때문이다. 한다. 하지 않는다. 하고 싶다. 하고 싶지 않다. 하고 싶지만 하지 않는다. 하고 싶지 않지만 해야 한다. 그때는 하고 싶었지만 지금은 하고 싶지 않은데 언제 다시 하고 싶어질지도 모른다. 하다라는 기본형 동사에 따라붙어 나오는 수많은 분열체들 사이에 놓인 의미의 거리를 은결은 이론으로 익히긴 했으나 발화 시 오류가 따른다. 사람들 또한 직접 실행에 옮기거나 겪어보지 않고 글로만 배운 지식은 뜻대로 잘 활용하기 어렵다고 한다. 그림을 그리기 위해선 남의 그림을 보고 화풍을 외울 게 아니라 붓을 쥐어야 하며, 악기를 연주하기 위해선 악보만 들여다볼 게 아니라 악기를 직접 잡아야 한다.

그러니 은결은 언젠가 작동이 멈추는 그날까지도 인간의 충동과 인내와 변덕과 왜곡에 대해서, 축적된 데이터 너머의 것을 조합 분석하기란 어려울 것이다.

"거 좀 놔두지 않고. 걔는 그게 일이잖냐. 카메라가 제 의지대로 조절되는 게 아닌 줄 아무렴 네가 나보다 더 잘 알겠지."

집안 문제로 신경이 곤두선 참에 기껏 꺼내본 말은 돌았냐는 한마디로 무시당하고, 거기에 고의는 아니지만 은결에게 탐색

당하는 느낌마저 겹쳐 준교가 공연히 무생물에 화풀이를 하고 있음을 명정은 이해할 수 있다. 그가 그다지 나무라는 기색 없이 한마디 하자 머쓱해져선 준교는 종이를 카운터 너머로 휙 밀어 떨어뜨린다.

“저 갑니다. 너 다음에 나 올 땐 눈 감고 있어.”

“아 저거, 말하는 본새 좀 보라지.”

명정이 혀를 차고 나섰을 때 이미 알루미늄 미닫이의 신경질적인 소음과 함께 준교는 가고 없다.

“너는 괜찮냐.”

“무엇이 말입니까.”

그 또한 시호만큼이나 깜박할 뻔했다. 괜찮음이라는 의미 자체도 로봇이 분류 및 분석하기엔 기준도 경계도 모호할뿐더러, 물리적으로 딱히 해코지한 게 아니니 은결의 회로에는 아무 이상이 없다. 그에게 있어서 괜찮음이란 무사함과 거의 등가이다. 명정은 은결이 불쾌함을 모른다는 게 한편으로는 다행이긴 하나 아쉽기도 한데, 이왕 거금을 때려 부어 만든 거라면 처음부터…… 그랬다면 아마 식욕과 성욕 수면욕부터 장착시켜야 하는 난관이 따랐을 테며 그건 인간의 기준에서 너무나 거추장스럽고 불필요한 기능이었겠지만. 그러나 고전적인 수준의 강아지 로봇도 인간이 폭언을 퍼붓거나 인상을 쓰면 비록 디폴트값의 반응에 불과하더라도 고개를 숙이거나 애교를 부리는 등 슬픔과 미안함을 표현한다는데.

"그러니까 기분 나쁘다거나, 아니 이렇게 말하면 모르지. 여기, 인공심장이지? 한가운데가 좀 그, 쿵! 하는 감각이 없냐 말이다. 별일 없으면 뭐 됐고, 조금이라도 이상한 촉이 오면……."

그럼에도 고착된 매뉴얼대로의 기계적 반응 대신 수많은 변수를 통해 스스로 익혀갈 여지가 있을지 모른다는 점에서 은결은 그들보다 발전적인 모델일 것이다.

"그냥 네가 재를 용서해라. 원래 저 나이가 낙엽만 굴러가도 실실 쪼개든지 멱살 잡고 시비 걸든지, 둘 중 하나는 하고 싶어지는 때다. 요맘때 안 그러면 나중에 다 커서 뒤늦게 옘병을 떠니까."

은결은 사람이 로봇을, 이 아니라 로봇이 사람을 용서할 수 있는 입장인지 동일 혹은 유사 사례를 검색하나 나오지 않는다. 또한 얼마만 한 잘못을 저질러야 그것이 심각한 문제가 되며 용서의 기준이 되는지도 판단할 수 없다. 사람 사이에서도 잘못과 용서를 둘러싼 역학관계는 생각보다 복잡하여, 개인 성격은 물론 상황이나 환경에 따라서도 달라진다고 한다. 그렇다면 환경과 박리되지 않는 성격에 대한 고찰이 별도로 필요하며…….

역시 인간의 문제로 들어가면 일찍이 누구도 그 끝자리를 발견하지 못한 무한소수를 앞에 둔 것만 같다. 은결은 동일한 분석 행동을 영원히 반복하더라도 지겨워하거나 난감해할 줄 모르지만 인공두뇌가 과열되는 신호만은 감지할 수 있으므로, 사고체계를 전환하여 메모리의 몇몇 장면으로 넘어간다……. 세상에 못 살아, 지지미 블라우스를 다리미로 꽉꽉 눌러 펴버린 거야? 싫은 소리를 좀 하려다 앞으로 조심해! 정도로 충고의 끈을 늦춰 주었던 여성. 어느 겨울날 일반 세탁기 안에서 돌아간 옷가지들, 손상된 옷을 두고 항의하던 남성. 세탁기에 돌리면 되는지 안 되는지 정도는 직접 봐야 할 거 아니냐! 며 명정과 고객 사이에서 오가던 삿대질, 설상가상으로 수축된 옷 주머니 안에서 나온 롤렉스 시계. 빨래 일 하면서 주머니 한번 안 뒤집어보냐던 고객의 고성. 주인이 배달 나가 있는 동안 은결은 아무런 의심이나 확인 절차 없이 세탁기에 고객의 옷을 넣었었다. 고객은 은결에게 깡통 새끼, 내뱉기는 했으나 시계 수리비 청구서는 결국 보내오지 않았다. 그런 일련의 과정을 거치면서 중대한 잘못이란 물질적 금전적 손해와 관계있는 것이며, 용서란 피해 당사자가 그것을 탕감해주는 것이라고 알게 되었다.

그리고 은결은 지금 자신에게 발생한 피해의 종류와 정도를 파악하지 못한다.

"그나저나 저놈은 참…… 딱하게 된 줄은 진작 알았지만 그래도 능력 하나 있으면 사람 일 어떻게든 풀리지 않나 싶었는데 그게 그리 힘드네."

사람의 말은 가끔 맥락 없이 튀기 때문에 은결은 주인의 모든 말에 반응해야 할 필요는 없음을 안다. 그러나 맥락이 없기도 하지만 때로는 손닿는 모든 곳이 맥락이 되기도 한다.

그로부터 석 달 지난 토요일 아침, 시호가 동복을 팔에 안고 세탁소로 들어온다. 건조기에서 나온 운동화 몇 켤레를 비닐에 싸던 은결이 일어나 다가오지만, 시호는 은결과 눈을 마주치는 대신 그 어깨 너머로 고개를 기웃거린다.

"아저씨 안 계셔?"

"은행 가셨습니다. 옷 맡기실 건가요."

그야말로 은행에 가는 심부름 정도는 은결이 할 수 있는 정도를 넘어 오히려 더 정확할지도 모르나 명정은 아날로그의 힘을 고집했는데, 사람 아닌 것이 공연히 은행 문턱을 드나들다 엉뚱한 놈들에게 걸려 사기라도 맞으면 어쩌나 싶어서다. 은결은 오늘 날짜가 기입된 장부를 펼친다.

“이거랑…… 또 이거.”

“월요일에 교복 입고 가야 하지 않습니까. 오늘 내로 작업이 안 됩니다.”

“다음 주부터 바로 하복 들어가니까 상관없어.”

하찮은 분실물의 임의 처분이라도 맡기는 것처럼 시호는 나직하게 말을 내던진다.

한 벌은 눈에 익은 시호의 겨울철 교복 상하 세트인데 다른 한 벌은 검정색 남성 양복이다. 시호 아버지 것이라기에 좀 작고 시호 오빠 것인 듯하다. 군대 가 있는 시호 오빠가 당분간 이 옷을 입을 일은 없을 테니 서두르지 않아도 될 것이다. 옷을 펼쳐서 종류와 수량을 적는데 문득 희미한 냄새가 후각 센서를 간질이고, 은결의 신경은 그것을 악취로 판별하지는 않는다. 세탁소에 있다 보면 꽃이나 화장품과 향수, 찌개나 삼겹살, 술과 담배 냄새가 밴 옷들이 꾸준히 들어오고 그런 냄새들의 겹을 몇 꺼풀이라도 벗겨내어 가능한 한 무취의 상태로 만드는 게 세탁소의 일 가운데 하나지만, 이건 그전까지 접해본 적 없는 낯선 냄새다. 메모리를 뒤져보지만 그 옛날 시장에서도 맡아보지 못한 냄새이며, 병원의 소독약도 아니다. 풀과 비슷하나 싱그럽지는 않다.

“그거 처음 맡아보나 보다.”

"두 벌에서 같은 냄새가 납니다."

"같은 장소에 있었으니까."

"오빠와 어딘가 다녀오셨습니까."

비로소 은결과 마주 보는 시호의 눈에는, 그전까지 그녀가 갖고 있었으며 털어버리려 수차례 노력했을 어떤 감정의 잔흔이 엿보인다. 은결은 그녀의 표정과 목소리를 통해 해당 감정의 범위와 성분을 분석해보려 한다. 그보다 교복이 있을 장소라면 학교나 학원일 텐데.

"오빠는 지금 댁에 안 계시지 않습니까."

그때 시호의 눈가에서 불규칙하게 난반사되는 눈물이 은결의 인공신경을 파고든다. 일단 하품 때문은 아닌 것으로 보이는 이 눈물이 슬픔 또는 아픔, 외로움, 그리움, 기쁨, 어디에 해당하는지 은결은 자신이 보유한 상과 일일이 대조해보지만 그 무엇과도 일치하지 않는다. 그의 연산은 포연을 닮은 안개 속을 헤맨다. 난투가 벌어진 듯 배열이 뒤섞이다 희미해지고 이윽고 투명해지는 0과 1들. 감정과 무관한 거라면 그저 만취 상태일 수도 있고, 때로는 그 모두에 해당할 수도 있다는 점에서 인간의 눈물은 어떤 생리작용보다도 해독이 어렵다. 은결의 인공심장이 빠르게 뛰기 시작한다. 어째서 지금 두뇌가 아닌 심장에 부하가 걸리는지 은결은 알 수 없다. 근육과 신경 하나하나가 연산장치로 이루어져 있다 하여, 당장 실행 불가능한 온갖 명령어가 심장에 집중되는 법은 없다.

"어떤 냄새 같아?"

"잡풀이나 푸성귀를 태웠을 때와 유사합니다만 매캐하지는 않은 걸로 보아 인체에 그리 유독하지는 않다고 판단됩니다."

"그리고?"

"비유법은 익혔지만 그 비유가 매번 적절한지는 제가 모르니 양해 부탁드립니다. 따뜻하면서 조금 어른스럽습니다. 아니 그보다는 좀…… 고독한 냄새. 슬픈 냄새입니다."

언어체계가 엉킨다. 고독한 냄새가 인간 세계 어디에 질감과 형태를 갖추고 있는지, 슬픈 냄새란 또 무엇인가. 일상의 시공간을 벗어난 어딘가의 좌표에 위치한 냄새를 표현할 언어가 그에게는 부족하다. 그렇다고 슬프다니, 그에게도 정신이 있다면, 제정신이 아니라는 게 딱 이런 상황일 것이다. 기계 안에 정신이 기거할 곳이란 없는데 이와 같은 착각은 어디에서 비롯하는가. 은결은 자신이 불완전 샘플임을 알지만 어째서 이토록 연산 오류가 잦은지, 그 오류 때문에 더욱 인간과 닮은 것인지, 오류가 일어났다고 판단하는 자신의 두뇌 자체가 착각의 일종인지…….

그때 시호가 균형을 잃은 짐짝처럼 주저앉으며 울음을 터뜨렸기에 은결은 거기서 더 이상 착각의 꼬리를 물고 늘어질 겨를이 없다. 이유는 모르지만 눈앞의 사람을 울게 내버려두어서는 안 된다는 인식이 그를 사로잡는다. 시호는 아프다, 그래, 일단 아픈 것으로 판단하자. 은결은 카운터 문을 열고 나와 통곡과 함께 흔들리는 시호의 어깨에 조심스레 손을 얹는다. 여기까지는 맞을 텐데 이런 때는 어떻게 상황을 이어가야 하더라. 울지 마세요였나, 시원해질 때까지 우세요인가. 무슨 일이세요 저한테라도 말씀해보세요. 따뜻한 차를 타드릴까요. 어디 편찮으세요. 구급차를 불러드릴까요.

무슨 수로 인간은 그 다양한 상황에서 가장 합당한 말 한마디를 골라 건넬까. 눈앞의 사람이 아픈지 슬픈지 분하거나 억울한지 또 달리 무슨 문제가 있는지, 어떻게 마이크로 단위의 시간 동안 확정하고 가장 그럴듯한 조치를 취할까. 어쩌면 사람이 그때 그 순간에 가장 적절하게 반응한다는 것도 확률의 문제일 뿐, 실은 그들이 내놓는 모든 결론과 행위 또한 매 순간 몇 제타바이트에 이르는 오해를 동반하는 게 아닐까. 그런 고민 끝에 은결이 고작 꺼낸 말이라곤

"의자를 가져다 드릴까요."

그러다 무언가 어울리지 않는 듯함에 고개 젓곤 다시 건넨 제안이

“저한테 기대시겠습니까.”

이것도 좀 아닌 것 같지만 은결은 더 이상 연산체계를 바로잡느라 도리질할 필요가 없다. 애쓰지 않아도 돼, 라고 말하며 고개 든 시호가 눈물범벅인 얼굴로 웃고 있어서다. 울음과 웃음이 한 얼굴에 존재하는 게 사람에게는 범상한 일일지 모르나 은결은 이런 아이러니를 분석 및 정렬하지 못한다. 시호는 어깨를 들먹이며 웃느라 호흡이 불규칙하다. 그녀의 온몸에 고여 있던 판별 불능의 감정들이 가쁘게 오르내리는 어깨를 따라 출렁거린다. 기쁨, 즐거움, 허탈함, 황당함, 아니면 광기—인간의 웃음도 울음만큼이나 그 알고리즘을 해독하기 어려우며, 울다가 웃거나 웃다가 울기라도 하면 그 정도는 더욱 심하다. 시호는 자기도 웃음을 그치고 싶은데 감정의 분해가 이루어지지 않는다는 듯 은결의 어깨를 주먹으로 치며 웃는다.

은결은 언젠가 손님이 옷을 맡기면서 자녀의 피아노학원 가방을 깜박 두고 가는 바람에 연락처를 찾느라 우연히 꺼내 읽었던 어린이 그림책에서 이런 비슷한 장면을 본 기억이 떠오른다. 주인공은 원래 신분이 낮았으나 웃음이 아름답다는 이유로 어느 나라의 왕비가 되었고, 왕비는 마법 주문에 걸려서 울 수 없을 뿐인데 갓난 아들을 잃고도 울음 대신 웃음이 나와버리니 왕실에서 추방당할 위기에 놓이며…… 가방 주인이 헐레벌떡 돌아왔으므로 그 뒤의 내용은 모른다. 그러나 웃고 싶을 때 울고, 울고 싶을 때 웃을 수도 있는 게 인간이라는 추측만은 잡혔었다.

어느새 은결은 시호의 어깨에 한 손이 아닌 양팔을 둘러놓고 있어서, 엉거주춤하게 끌어안는 자세와 비슷해진다. 포옹은 인간에게 호의를 표하고 위로를 주는 가장 효과적인 동작의 하나이므로 은결은 비로소 행위 반응의 적절한 활용으로 자신의 임무를 다했다는 결론을 내린다. 심장에 집중되었던 연산이 온몸으로 분산되면서 규칙적인 리듬을 타기 시작하고, 그것이 인공피부 너머로 전해졌는지 시호는 어느새 한결 고른 호흡으로 돌아가선 어깨를 추스른다.

이후 주인의 말에 따르면 두 벌의 옷에서 나던 냄새는 오랜 시간 향을 피울 때 배어드는 것이라 한다. 시호는 적당한 교복 차림으로 장례식장에 갔으나 정작 상주인 준교는 교복이 붉은색인 데다 장례업체에서 착오로 일처리를 늦게 하는 바람에 시호 오빠 양복을 급히 빌려주었다 한다. 시호네 가족은 준교네가 3일장을 치르는 동안 아침저녁으로 갈마들면서 함께했는데, 그동안 시호는 내내 고개를 숙이거나 외로 꼰 채 준교의 얼굴을 바라보지 않았다고 한다. 눈이라도 마주치면 그 순간 누구 하나가 그 자리에 무너져 내릴 것만 같은 느낌에.

"무너져 내린다는 느낌은 어떤 것입니까."

명정의 생각으론 장례를 둘러싼 애도와 남겨진 자들의 복합적인 감정이 오전 6시, 아침상을 차리는 시간에 이어가는 화제로는 바람직하지 않은 것 같다.

"말 그대로 무너지는 게 엎어지거나 자빠지는 거지 뭐야."

명정은 자신이 조금만 더 교양이란 게 있었다면 차근차근 논리적 또는 철학적으로 풀어주기라도 했을 것을, 두루뭉술하게 회피해버리는 게 미안하다는 생각마저 들지만 그래봤자 이런 주인을 만난 로봇의 팔자가 별수 없지 않은가. 그런데 무생물을 상대로 미안이라니, 팔자라니. 은결 역시 대답이 절실해서 묻는 건 아닐 터다.

"저런 겁니까."

국그릇을 상에 내려놓고 은결은 거실 텔레비전을 가리킨다. 뉴스 보도 중 삽입된 자료 화면으로 노후 건물의 철거 현장이 보인다. 그 자리에 분명 있었던 것이 어떤 신호를 시작으로 한순간의 소음과 함께 없었던 것으로 되어버리는 현장이다. 꺾이고 부서진다는 점에서 외관상 같다고 볼 수 있으나 그 무너짐은 정말 저 무너짐과 같은가. 무너진다는 건 결국 그 현상을 대하는 사람의 슬픔이나 분노에 좌우되는 게 아닌가. 명정은 앞으로 은결에게는 되도록 비유를 배제하고 객관적인 수치나 물성으로 표현 가능한 언급만 하는 게 좋을까 싶다가도, 실제로 그런 말만 골라 하는 게 더 어려운 일임을 곧바로 깨닫는다. 인간이 수천 년에 걸쳐 누적해온 발화의 양식이 세포 하나하나에 새겨져 전해 내려온 이상은.

"누군가 죽으면 옆에 있던 사람들은 모두 시호 님이 그랬던 것처럼 울거나 소리치고 무너지는 거군요."

그리고 명정이 설명하지 않았음에도 은결은 무너진다는 표현의 용법을 빠르게 익히고 말하기 시작한다.

"일단 사람을 말할 때는 죽으면, 이 아니라 세상을 떠나면, 이라고 바꾸는 게 좋겠다. 개나 고양이가 아니니까."

"알겠습니다."

"그리고 두 번째, 내 생각엔 아마 모두 울고불고 하지는 않을 거다. 사람 나름이지. 만약 떠난 사람이 철천지원수였다면 오히려 웃으면서 좋아라 손뼉 칠걸? 아니면 보복할 기회를 영영 잃어서 홧술이나 마시든가."

"사장님에게도 그런 사람이 있으십니까."

"글쎄다. 나야 워낙 네 맛도 내 맛도 모르고 살아와서. 친구가 없는 대신 적도 없고, 부모 형제와 척을 지고 재판을 걸거나 멱살잡이를 하지 않았고, 여기저기 발 넓히고 끼어들거나 한 자리 맡겠다고 나서지 않았고. 진심으로 때려죽이고 싶었던 놈이라면 군대 선임 정도. 친척 내외하고도 좀 안 좋았던 적 있지만 워낙 멀리 떨어져 사는 바람에 그저 삭히고 나니 분노보다는 착잡한 정도의 찌꺼기나 남았지. 나는 당사자니까 그게 얼마나 혜택 받은 삶이었는지를 잘 못 느끼지만, 어떤 사람들은 적이 없는 삶만큼 다행스러운 게 어디 있냐고들 그런다."

마지막으로 상에 막 부친 달걀프라이가 올라오자 명정은 젓가락을 든다.

"죽음이 그렇다면, 또한 각별히 혜택 받은 삶이 그렇다면."

"그러면?"

"보편적인 삶은, 아니 그냥 삶은, 어떤 것입니까."

한 쌍의 젓가락 끝이 달걀프라이의 중심을 찌르자 진한 노른자가 번져가는 얼룩처럼 흘러나온다.

"이거 만져봐."

"평소대로 반숙인데 뭔가 문제 있습니까."

"됐으니까 만져보라고."

은결이 달걀노른자를 건드리자, 실처럼 흘렀던 노른자가 본격적으로 깨지면서 손가락을 휘감는다. 그동안 내내 부쳐온 달걀의 촉감을 은결은 이제 처음으로 알았다.

"어때?"

"뜨겁습니다. 끈적거리고…… 비릿합니다."

"맞아, 그런 거야."

은결은 고개 숙여 제 손을 들여다본다. 처음에는 삶이 달걀이라는 줄로 알아들었으나 곧 지시하는 대상이 다르다는 걸 깨닫는다. 촉각 센서가 그저 온도를 객관적으로 측정했을 뿐이며 인공피부에는 달리 손상이 없었지만 인간 어린이라면 빨갛게 짓무를 가벼운 화상을 입었을 것이다. 데어버리도록 뜨겁고 질척거리며 비릿한 데다, 별다른 힘을 가하지 않고도 어느 결에 손쉽게 부서져버리는 그 무엇.

세주가 모친의 원룸으로 돌아온 지 한 달째다. 혼자가 아니라 품에 어린 딸을 안고서다.

원룸 거주자들이 새벽마다 단잠을 깨우는 아이 울음에 항의한다.

세주 모친은 처음 일주일간은 눈물과 반가움으로 외손녀를 보듬지만, 수면 부족으로 생업에 지장이 올 지경에 이르자 주에 나흘은 가게 소파에서 담요를 둘둘 말고 잠든다. 딸에 대한 불만과 안타까움, 외손녀를 향한 애틋함 중에서 당장 입에 들어갈 밥벌이와 떨어지는 눈꺼풀의 무게를 압도하는 것은 없다.

세주는 하루에 네댓 번은 아이를 달래느라 띠로 둘러업고 나와서 골목을 천천히 거닌다. 비가 오면 비를 맞는 그대로, 바람막이 점퍼 한 장 걸치지 않고 목 부분이 늘어난 티셔츠 차림으로 어깨를 오들오들 떨면서 걷는 세주의 모습은 기괴해 보인다. 점포 안에서 세주가 지나가는 모습을 내다본 명정이 한두 번 외투를 들려 은결을 보내지만, 세주는 처음에는 꺼칠한 입술을 열어 오랜만, 하고 인사하다가 두 번째에는 치워, 내뱉는다.

그렇게 가다가 가끔 누군가네 집 담장 밖으로 가지가 뻗쳐 휘어진 감나무 옆에 주저앉아 한숨 쉬거나 눈물짓는다. 때론 듣는 사람이 없는데도 허공을 향해 소리를 지르기도 한다. 등에 업힌 아이가 그 소리에 깜짝 놀라 울음을 터뜨리는 순환 반복.

모친이 미용실 셔터를 내리고 돌아온 다음에는 다투는 게 일이다. —이 거지 같은 꼴이나 보려고 그 돈 들여가며 공부를 시켰어 내가! —양심이 있으면 엄마, 나 대학교 가서부터 행정조교에 연구조교에 등록금 거의 혼자 냈거든! —야 이년아 네 입에 처들어간 건 돈이 아니고 네 등 붙이고 잔 자리에 기름은 공으로 땠냐!

한때 세주 남편이었던 걸로 짐작되는 남자가 두 번쯤 그들 모녀를 찾아온다. 처음에는 가방끈이 길다 못해 발꿈치까지 닿는 전 부부가 팽팽하게 펼치는 법률적 해석과 판결 사례에 근거한 논리 정연하고 우아한 말소리가 이어진다. 사진이니 증거니,

사실 적시 명예훼손이니, 소송이나 재산 분할이나 귀책사유 같은 말들이 오간다. 그 틈으로 세주 모친의 타박과 빈정거림이 끼어들어선 논쟁의 심지에 불을 붙이고, 관용과 이기 내지는 배려 따위의 뜬구름 잡는 말들로 점철된 고성이 폭발한 끝에 뭔가 부서지거나 뭔가를 흔들거나 밀치거나 세게 현관문을 여닫는 소리와 함께 아이 울음소리가 높아지더니, 테디베어를 태운 유모차가 층계 아래로 굴러 떨어진다.

얼마쯤 시간이 흐르자 못 이기는 척 경찰차가 한 번 원룸 앞에 멈춰 선다. 경찰들은 손에 무전기를 든 채 원룸 층계를 오르락내리락하다 팔걸이가 부러진 유모차를 접어 벽에 기대놓고 테디베어를 주워 먼지를 떨어낸 다음 하릴없이 담배를 꺼내 문다. 그러는 동안 아이 것인지 세주 것인지 모르게 뒤섞인 울음소리는 낮아지다 사라지다 다시 높아진다.

두 블록 떨어진 언덕바지 동네에 여덟 개 동으로 이루어진 신축 아파트가 들어선다. '마스터피스 더 캐슬플라자'였나 '에코빌리지 프롬 헤븐'이었나, 거기 거주자들은 과연 자기들이 어디서 사는지 알고는 있을까 싶은 긴 이름의 아파트다. 단독 및 다세대가 대부분인 이쪽 블록까지 덩달아 임대료가 상승한다. 재개발 관련 투서나 고발문 따위가 수시로 문틈에 날아든다. 단독주택 소유자들이 누군가의 멱살을 잡고 목소리를 높인다. 명정의 세탁소로도 건물주가 찾아와 내년부터 월세를 더 올려 받겠다는 언질을 준다.

은결은 주인이 계산기를 두드리는 옆모습을 보다가 저녁거리를 사러 슈퍼로 나간다. 명정은 볼펜으로 수많은 숫자를 기입하고 그 위에 줄긋기를 반복하지만 그 행위가 없던 것을 만들어내지는 못한다. 숫자의 추상성은 구체적인 현실을 압도한다. 그는 아들을 먼 나라로 보내지 않았더라면 혹시 굴릴 수 있었을지 모를 기회비용과, 휴지 조각보다 조금 나은 수준에서 처분한 주식과 보험, 대출금을 다 갚기가 무섭게 매도해야만 했던 자가 주택 등을 떠올린다. 안정된 노후는 진작 글렀지만 최소한 빚에 올라앉지는 않을 수도 있었을 모든 선택과 기회의 순간을 그려본다.

연상 작용은 증식과 팽창을 거듭하다 마침내는 처음부터 아들이 원하는 공부를, 뜻하는 일을 못하게 막아서고 옆에 주저앉혔더라면 차라리 나았을까 싶은 무용한 가정까지 가 닿는다. 바다 건너로 보내지 않았더라면 마침내 바다 어딘가에서 잃을 일도 없었으리라는. 생각하기 시작하면 모든 순간이 한 마리 나비의 날갯짓이 되어 현재에 개입하고 삶을 휘저어놓는다.

아마 그랬다면, 인간의 삶을 궁금해하기 시작했으나 여전히 고요하고 나른한 표정으로 일상의 부동성을 새삼 확인시키는 로봇을 만나게 될 일도 없었을 것이다.

은결에게는 최대 효율의 경제 원칙에 입각한 재무 설계 기능이 들어 있다. 자산관리사에 준하는 전문적인 기능은 아니나 일반 가정의 전자가계부 수준은 훨씬 넘어서는 분석과 정리를 수행하며, 설정에 따라 그 분석은 이익의 극대화보다는 손해를 최소화하는 방향으로 이루어지기도 한다. 그 기능을 활성화시킨다면 주인의 현재 재정 상태를 파악하고 현 사회의 경제 상황을 검색 및 수집하여 무엇을 처분하고 무엇을 지켜야 하는지, 여유가 있다면 투자는 어디에 어떻게 하는 게 좋으며 빚은 몇 년 기간으로 갚아나가야 할지, 현재의 건강 상태를 입력하면 기대 수명까지 필요한 자산은 총 얼마이고 그만큼을 확보하기 위해 해야 할 일은 무엇인지 등을 종합 산출해낼 것이다.

그러나 그건 어디까지나 한 줌만이라도 굴릴 자산이 있는 이들에게 해당하리라. 명정은 버리고 갈 것들에 대해 생각한다. 가게를 접고 적게나마 밀리지 않고 부어온 연금을 비롯한 최소한의 비용으로 버텨낼 생의 잔여분에 대해 짐작한다. 황혼녘에 마지막으로 곁에 남는 게 고가의 로봇 한 대뿐인 자신의 모습을 그려본다.

그러다 체머리를 털며 아무도 밟지 않은 흰 눈밭처럼 머릿속을 비워보려 애쓰지만, 언제까지고 그의 눈밭은 회백색 얼룩과 진창, 누군가 또는 무언가가 낸 수많은 발자국과 바퀴 흔적들로 가득하다.

시호는 대학교 1학년 1학기를 마치기가 무섭게 휴학하여 아르바이트를 세 군데 뛴다. 그걸로 다음 학기 등록금을 모은다 쳐도 막대한 교재비와 교통비, 품위 유지비까지 고려하면 휴학 기간은 더 늘려야 할 것이다. 그런 다음 한 학기를 어찌어찌 해결하고 그다음 학기에는 다시 휴학. 연속성이니 통합성 없이 반년씩 건너뛰기로 예견된 어수선한 학업 과정에서 시호는 별다른 의미와 목표를 발견하지 못하나, 주위 대부분의 친구들이 어떤 형태로건 대학이란 곳에 다니고 있으니 섣불리 그만두지는 않을 것이다.

원서 쓸 때 부모님은 철학과를 나와 대체 뭘 해먹고 사느냐고 쌍수를 들고 말렸었고, 오빠는 첫 번째 등록금과 입학금을 지원해주었으나 거기까지가 최선이었으며 지금 오빠 월급은 버는 족족 빚 갚는 데 들어간다. 그러게 말이다, 가족 모두가 저마다의 코들이 석 자인 상태에서 무슨 영광 본다고 철학과를 가려 했더라.

그 질문에 대한 답이 시든 꽃잎처럼 말라비틀어지고 마침내는 질문 자체가 한 점의 음영으로만 남은 건, 시호가 나태하거나 지각없어서가 아니다. 처음에는 다른 또래들과는 살짝 종류가 다른 책을 읽고 사고하는 행위 자체가 뭐 좀 있어 보여서 끌렸던 것으로 기억되나, 입시 면접을 볼 때만 해도 분명 인간 탐구니 세계정신이니 사회 통합이나 소통 같은 말들을 들먹이며 연구자의 길을 걷고 싶다고 호언했었다. 입학하고서 관심사가 비슷한 동기들과 함께 3, 4학년 선배들을 주축으로 하는 원서 강독 소모임에도 들어갔었다. 외국어의 장벽을 넘지 못하는 1, 2학년들은 불어와 독어 스터디를 별도로 꾸렸는데, 참가자들마다 서로 다른 아르바이트 시간 때문에 흐지부지되었으며, 유학을 염두에 둔 다른 학우들은 이미 알아서 학원에 다니거나 개인 교습을 받고 있었다. 시호는 비로소 면접 당시 한 노교수가 돌아서서 나가는 그녀 등 뒤에 대고 대수롭지 않게 건넨 질문의 의도를 이해할 수 있었다. ―부모님이 먹여주시고 재워주시고, 어느 수준

이상의 민생고를 해결해주시는 게 혹 가능하신가? 아마 시호는 그때 연습 범위 밖의 질문에 당황한 나머지 특유의 자신만만한 말투만을 간신히 유지한 채, 사람 나이 스무 살을 바라보면 독립적인 개성을 지닌 인격이며 가능한 한 손 벌리지 않고 스스로의 힘을 믿어보겠다는 취지로 횡설수설했을 텐데, 그 순간 교수들의 입가를 스쳐가던 안쓰러움 내지는 격려의 미소도.

서양철학으로 학교에 남고 싶다면서 유학 계획을 막연하게라도 짜놓지 않았을 뿐만 아니라 불어 독어도 달리는 시호를 보고 학우들은 놀라워했고, 시호는 공부뿐 아니라 사소하게 입고 먹고 쓰는 것까지 자신과는 다른 그들의 스케일에 주눅 들기 시작했다. 스터디에 한 번 들어갈 때마다, 조별 과제 때마다 혼자서만 커피 주문을 사양하는 일이 대여섯 번쯤 지나자 아무도 뭐라 하지 않아도 눈치가 보였고, 학우들이 톨사이즈가 배부르다는 구실로 돌아가면서 제 음료를 빈 컵에 나눠주는 것이 처음엔 고맙다가 나중에는 모멸감을 느꼈다. 그걸 주위에서 눈치 채지 못할 리 없었고 친구들은 이윽고 필요 이상의 배려를 꺼렸으며 그중 누군가는 피로를 감추지 않았다. 시호는 점점 겉돌면서 그 학기가 끝나버렸다. 다다음 학기에 돌아가보면 아는 얼굴들은 별로 없을 것이다.

그리하여 지금 평일 낮에는 패밀리레스토랑에서, 밤에는 편의점에서 일하며 주말에는 행사를 나간다. 토끼 머리띠를 쓰고 미니스커트와 루즈삭스 차림으로 가벼운 스텝의 춤을 추면서 마이크에 대고 새로 개업한 휴대전화 대리점이나 곱창볶음 식당의 파격 서비스 내용을 리드미컬하게 알려준다. 오늘 기기 변경하시면 현금 지원. 오늘 중(中) 자로 시키시면 소주 두 병까지 공짜. 그러는 사이사이 어떻게든 틈을 내어 부스스한 머리카락을 허니블론드로 염색하고 스트레이트 펌을 한다. 비비크림과 틴트로 충분했던 얼굴에 사용할 마스카라와 아이라이너를 산다. 돈을 모으기 위해 뛰는 아르바이트인데, 이벤트 업체에서 선호하는 인력으로서의 상태를 유지하려면 최소한의 용모로 상시 대기하는 편이 유리하니 별도의 비용이 발생하며, 그러고 나면 손에 쥔 것은 얼마 되지 않고 그중 대부분은 알바와 알바 사이의 끼니를 해결하고 마는 무한 함정에 빠진다.

아니다. 그게 아니다. 어쩌면 지친 것이다. 일단 학교에 다니지 않는 상태에서 알바비가 들어오니, 제 손으로 번 것을 한 번쯤 자기만족 이상의 의미가 없는 일에 뿌려보고 싶은 것이다. 이런저런 꿈이니 열망들과 한데 겹쳐서 손가락 사이로 모래처럼 새어나가게 두고 싶은 것이다. 한 번은 두 번이 되고, 세 번을 넘자 일상이 된다. 이 파우더를 사지 않으면 저 부교재를 살 수 있다거나, 캐러멜 마키아토 40잔을 참으면 학원 1개월을 다닐 수 있다는 환산 따위가 지긋지긋해진다. 손에 들어온 대로 써보고 싶어진다. 또래 애들이 하는 것을 따라해보고 싶다, 거기서 남는 것이 환멸과 지루함뿐이더라도. 어차피 하고 싶은 일을 포기하고 해야 할 일만 하더라도, 사람은 살아 있는 이상 돈을 쓰게 된다. 숨만 쉬면서 살아도 비용이 든다. 숨을 쉬는 일, 입을 여는 일 자체가 극도의 무게를 동반하는 것이다. 자신 이외에 한 사람 이상과 관계를 맺고 산다면 감당해야 할 공기의 밀도는 더욱 높아만 간다. 쌓인 벽돌 같은 현실의 어느 틈새에 콧구멍을 들이밀어야 깊은 호흡이 가능한지 시호는 알지 못한다.

그럼에도 자신 이외의 세상 모든 사람을 외면하고 살 게 아니어서 최소한의 경조사에도 참여한다. 어느 날 시호는 국을 쏟은 단벌 원피스를 들고 세탁소로 들어온다. 다음 주말에 친척 결혼식이 있으니 되도록 빨리 해달라는 말만 짧게 남기고 돌아서는 얼굴은, 갑작스레 몰린 행사 여러 탕을 뛰고 돌아온 듯 평소보다 두꺼운 화장이 번져서 번들거린다.

뒤미처 돌아온 명정이 원피스의 상태를 보곤 은결더러 네가 한번 해보라고 넘긴다. 세탁 과정에서의 간단한 부분 절차는 지금껏 충분히 학습되었으나 옷 한 벌을 통째로 맡기는 것은 처음이다. 플리츠의 가공 상태가 손실되지 않도록 옆에서 계속 지켜보고 알려줄 테니 기계에 넣기 전의 전처리를 혼자 해보라고 한다.

주인이 지시하는 일에 이의를 제기할 수 없으므로 은결은 석유계용제와 드라이클리닝 전용 소프를 혼합한 뒤 다발성 얼룩에 브러싱을 시작한다. 너무 힘주어 두드리거나 문지르면 옷감에 손상이 가므로 조심해야 한다. 그러나 '너무'라든가 '조심'의 정도와 기준이 은결에게는 언제나 모호하여, 간혹 헛손질이 나가기도 한다. 브러싱의 범위가 넓어지면서 석유 냄새가 올라오지만 그의 후각에는 아무런 영향이 없다. 점점 얼룩이 사라진다. 마지막 한 점까지, 시호를 신경 쓰이게 만드는 세상의 모든 것들을 제거하기라도 할 듯이 두드린다. 그러면서도 섬유의 원래 상태는 철저히 보존되어야 한다. 딱지가 앉은 무릎의 상처를 떼어낼 때 생살을 같이 뜯어내지 않음과 마찬가지라고 주인은 말했었다.

전처리 결과물의 상태를 보고 명정은 고개를 끄덕이며 다음 단계로 들어간다.

그러나 결혼식에 가지 않기로 했는지, 또는 다른 옷을 입고 갔는지 시호는 그 뒤로 오랫동안 원피스를 찾으러 오지 않는다. 은결이 세탁 비닐을 씌운 원피스를 들고 그녀가 사는 빌라를 몇 차례 방문하나, 가족 모두가 삶에 치여 항상 부재중이다. 또는 안에 사람이 있는데도 모르는 척하는지 가끔 부스럭거리는 인기척이 느껴지기도 한다. 세 번째로 허탕을 치고 돌아온 어느 날, 은결은 비닐 아래로 손을 넣어 공연히 원피스를 만지작거려본다. 인디고블루 톤의 핀턱 슬리브리스 원피스를 천천히 쓸어내리자 부들부들한 폴리에스테르 질감이 느껴진다. 메모리에 담긴 그녀 얼굴에 이 옷을 합성해보니 잘 어울린다.

어느 날 밤 자정이 가까웠을 때 주인의 담배가 떨어져서 사러 나간 은결은, 편의점에 들어가기 직전 넓은 통유리 안쪽에 비치는 시호와 한 남자를 본다. 두 사람은 편의점 이름이 적힌 같은 색 조끼를 입었고 주류 상자를 나르다 서로의 허리를 간질이며 웃는다. 남자가 시호의 어깨를 뒤에서 끌어안는다. 시호가 고개 돌려 남자의 머리를 토닥거린다. 두 사람의 손에서 뭔가가 저마다 반짝이기에 은결이 줌인하여 보니 똑같은 모양의 반지가 빛난다. 통유리 너머를 물끄러미 응시하다 은결은 문득 발길을 돌려 한 블록 너머 다른 편의점을 찾아 나선다. 담배를 받아 든 명정은 평소보다 20분 넘게 시간이 더 걸린 이유를 묻지 않는다.

그는 그전에도 은결에게 일렀었다. 어디까지나 네가 그러고 싶다면 말인데, 너는 네 몸이 위험하지 않은 한도 내에서 얼마든지 원하는 대로 갈 수 있단다. 언제 어디로든 자유롭게 돌아다녀도 좋아. 마지막에 이 집으로, 우리의 세탁소로 돌아오기만 한다면. 그로서는 상상하기 힘든 크기의 에너지를 지니고 있을 것임에도 이런 좁은 세계에 종사하는 은결의 존재를 존중했다.

그러나 은결은 여전히 '그러고 싶은' 게 어떤 감각인지 모를 것이면서도 어느새 조금씩 '그러고' 있다. 단 20여 분의 이탈에서 명정이 알게 된 것이다.

명정은 일주일에 두세 번쯤 세탁소 문을 열기 전 공원에 들러 천천히 걷는다. 주인의 건강과 신체 상태 변화를 살피기 위해 은결이 매번 동행하는데 이때 명정은 온순하나 붙임성 없는 대형견을 산책시키는 느낌이 든다.

언젠가 은결이 시호네와 딱 한 번 멀리 나갔다 온 뒤로 일부러 들인 습관이다. 로봇이라도 강아지처럼 코에 바람 한 올 쐐주는 게 좋을 것 같아 걷기 시작한 것이 사뭇 규칙 비슷해지자 공연히 심장이 예전보다 덜 무거운 느낌도 든다. 결과적으로 자신에게 좋은 일이 될 것이므로 동네 여사들의 참견에도 웃어넘길 수 있었다—무슨, 그 애는 좁은 데 허구한 날 처박혀 있다고 갑

갑하다든지 우울하다든지 그런 것 자체를 모르잖아. 그럴 거면 사장님, 이참에 개를 한 마리 키우시지 그래요.

그러나 명정은 은결에게 감정을 느끼는 기관은 없을지라도 감정에 익숙해지는 과정을 겪는다는 사실은 적어도 안다. 과업의 반복과 시행착오로 모든 시도들 가운데 가장 그럴듯한 값이 메모리에 저장된다는 것은, 사람의 근육이나 뼈가 기억하는 몸의 떨림이나 아픔과 다르지 않을 터다. 새벽 공기가 맑다든지 몸에 좋다든지, 산책이라는 행위에서 사람과 같은 긍정적 작용이나 느낌을 얻지는 못하더라도 대체로 산책이 좋다는 사실만은 인지하게 될 것이다. 인지를 쌓아나간다고 하여 눈에 띄게 달라지는 거라곤 어쩌면 사용 가능한 메모리의 잔여 용량뿐일 테지만, 인지의 총합이 정서가 되리라고 기대하지만 않는다면 그만이다.

그런데 알고 보면 사람에게도 감정을 느끼는 기관이란 딱히 없다—그보다는 정해지지 않았거나 모른다에 가깝다—고 명정은 심야 다큐멘터리에서 본 적 있다. 20여 년 전 대여 비디오로 보았던 소소한 로맨스 영화에서는 심장이라 했고, 액션 충만한 블록버스터급 과학 영화에서는 뇌라고 했다. 그러나 정신은 몸 안 어딘가에 갇혀 있는 게 아닌, 밖으로 흘러넘치는 무엇이었다. 다큐에서는 뇌의 반구가 뉴런을 통해 상호작용하면서 정보를 교환하는 모습을 3D 그래픽으로 보여주었고, 그 과정에서 빚어지는 의식이라는 걸 이미지로 처리해서 화살표 아래 매달아놓았다. 그와 함께 정신을 담당한 기관을 전두엽 · 후두엽 · 피질 영역 등으로 세분하여 펼치는 그래픽 화면을 보다가 명정은 채널을 돌렸었다. 그 모든 복잡한 과정에도 불구하고 결국은 단순명료한 전기적 신호의 세계. 그러면서도 전기와 정신 사이에 이퀄 부호를 기입할 수 없는 세계. 하나와 하나를 더하여 둘이 되지 않는 세계. 그런 세계에서 0과 1만 가지고 참여할 수 있는 경기란 없을 터였다.

언젠가부터 명정은 은결이 사소한 심부름에 드는 시간이 예전보다 길어지기 시작한 걸 느낀다. 또 한밤중에 요의를 느끼고 일어나 둘러보면, 언제나 앉아 있는 스툴에 은결이 없을 때도 있다. 은결은 매일 오전 2시부터 5시까지 취침 모드로 설정되어 있다. 2시에 취침 모드가 실행되면 알아서 본체에 플러그를 꽂고 의자에 앉아 눈을 감는다. 5시 정각에 모드는 자동으로 해제되므로 별도의 조작이 필요 없다. 기본적으로 태양을 받아 움직이므로 장마철 아닌 다음에야 그렇게 매일같이 충전이 필요하지도 않고, 취침 모드를 활성화시켰다가 갑자기 사장님에게 무슨 일이 생기기라도 하면 어쩌느냐고 세주가 초기에 반대했었다. 그러나 사람도 스물네 시간 돌리는 거 아니라며 명정은 굳이 휴식 설정을 추가할 것을 고집했었다.

명정은 화장실에서 나와 빈 스툴을 바라보고 시계를 올려다본다. 어둠 속에서 3시를 가리키는 연두색 야광 시침이 빛난다. 너무 오랜 시간 자리를 비우는 게 아니라면 충전 문제가 걱정되지는 않지만, 명정은 그동안의 규칙이 별도의 설정 변경 없이 깨어진 이 상황이 어떤 계통의 오류인지 짐작조차 할 수 없으며 지금은 예전처럼 세주를 붙들어다 이것저것 물어볼 상황도 아니다……. 남편에게 결혼 전부터 다른 여자가 있었다던가, 시가와의 불화였던가. 어쨌든 그 전남편이 재산 분할은커녕 보란 듯이 양육비 부치기도 게을리 하고 있어서, 세주는 낮에 홀로 아이를 돌보며 밤에는 모친에게 맡기고 보습학원에 다시 나간다. 결혼 전에는 꽤 규모 있는 학원에서 일했지만, 지금 나가는 곳은 그전 연봉의 3분의 1도 안 되는 동네 공부방 수준이라고 한다. 언제든 복귀하라던 옛날 학원의 원장이 인터넷 동영상 강의 사업을 야심차게 시작하면서, 돌아온 세주의 거친 피부와 출산으로 다소 불어난 몸을 보더니 고개 저었다는 것이다. (이래 갖고 가슴 파인 미니드레스를 소화할 수 있을 것 같아?) 한편 세주의 아이는 밤잠이 조금 늘어 세주 모친도 새로운 생활 패턴에 어느 정도 적응했다고 한다. 세주 전남편에게서 양육비를 강제 집행하려면 소송까지 가야겠으나, 그러자니 법원에서 자꾸만 사람을 소환

하고 뭔가 서류를 갖추라 하는 등 그 번거롭기가 생업을 포기하도록 유도하는 수준이라, 병치레가 잦은 아이를 품에 안고선 도무지 틈이 안 나는 모양으로 자포자기 상태인 듯하다.

그대로 소파에 누워 온몸의 말단까지 정맥처럼 뻗어나가는 생각을 갈무리하다 잠에 스며든 명정은, 문득 국 끓는 소리가 귓바퀴를 긁어 눈을 뜬다. 어느새 자신은 침대 이불 속에 반듯이 뉘어져 있고 시간은 오전 6시, 몸을 일으켜 나와보니 간밤에 아무 일도 없었다는 듯 은결은 상을 차리다 뒤돌아본다.

"안녕히 주무셨습니까."

이변과 오차를 허용하지 않는 동일한 아침 인사의 억양이 오늘은 어쩐지 조금 가라앉은 듯 들리지만, 명정은 더 깊이 고찰하거나 파고들 만큼의 역량이 자신에게 없으므로 잠자코 옆을 스쳐가 물을 마신다.

"오늘은 뭇국이냐."

"그렇습니다."

네가 온 뒤로 월, 화는 언제나 시래깃국이었다는 규칙에 대한 언질을, 그는 주지 않는다. 조금만 인간적으로 헤아린다면 그리 큰 문제는 아닐 터다. 요일별 날짜별 랜덤으로 국을 바꿔 끓일 줄 알게 된 로봇에게, 계량화된 현실을 뒤집고자 하는 사소한 변덕이 생겼다 하여 뭐가 이상한가. 따로 랜덤 옵션을 설정하지 않았는데도 스스로 랜덤이 된 것은, 로봇에게 있어서는 일종의 선언이다. 명정의 상상과 의식 속에서 로봇의 학습은 이진법의 제약을 넘어 가공 및 확장된다. 은결은 스스로를 통제할 수 있으며 취침 모드의 시간을 자율적으로 변경할 수도 있는 한편 취침 자체를 거부할 수도 있을 것이다. 그러다 마침내는 돌아올 곳이 여기라는 당부 또한 잊거나 무시할 수 있을 것이다. 그처럼 사소한 변화들이 지금 단지 연산 오류의 누적으로 인한 일종의 증상이나 일시적 현상 같은 거라면, 언젠가는 누구도 알려준 적 없는 스스로의 목적을 가지고 일으키는 변화 또한 찾아올지 모른다.

은결은 편의점 통유리 너머를 기웃거린다. 시호의 모습이 보이지 않은 지 32일째이므로 이로써 그녀가 더 이상 편의점 일을 하지 않는다는 것쯤 유추 가능하다. 단순히 시간대를 바꿔 일할 수도 있고 시간당 페이가 더 높은 일로 옮겨갔을지도 모르며, 아니면 슬슬 복학할 생각으로 일을 줄여나가는지도. 그때 함께 보였던 남자 알바생도 없고, 나이 든 점장이 카운터를 지켜선 걸로 보아 두 사람 모두 일을 그만두었으리라는 결론이 가장 합당해 보인다. 마지막으로 시호가 세탁소에 옷을 맡기러 온 것은 127일 전으로, 문제의 원피스는 아직도 세탁소 구석에 비닐이 씌워진 채 방치되어 있다.

클리닝 비용은 4천 원이지만 명정은 물건을 찾아가라고 그 집안의 누구에게도 재촉하지 않는다. 맡긴 세탁물을 제때 찾아가지 않는 사람은 부지기수이며 어떤 이는 맡겨놓은 것을 잊고 먼 데로 이사를 가버려서 처치 곤란인 옷도 적지 않다. 전화를 걸면 대개는 받지 않고, 번호가 없어지기도 했으며, 어쩌다 연결이 되면 알아서 버려달라는 이도 있고—이때 선불하지 않은 세탁비는 계좌만 받아 적곤 입금을 차일피일 미루는 등 끝까지 받아내기 어려워진다—, 명품 같으면 자기 사는 주소에 심지어는 해외 EMS 택배로 부쳐달라는 이에다가, 6개월이 지나 처분했는데 뒤늦게 연락해와서는 물어내라는 진상들도 꼭 있기 때문에 함부로 내버리지 못하고 쌓여만 가는 세탁물이 행거 하나를 전부 차지하니 손해가 이만저만 아니다.

시호는 학교 준비와 다른 여러 가지 일로 옷을 관리할 틈도 없을 것이며, 클리닝이 필요한 옷을 맡기는 데 시호가 와야만 한다는 법 또한 없다. 그녀의 엄마 아빠 오빠 누구라도 올 수 있다. 그러나 시호가 열일곱 살이 되기 전까지는 평균 97퍼센트의 확률로 자기 집 옷을 모두 걷어왔었다는 통계를 생각해보면 분명 유의미한 변화다. 이 비율은 언제부터 급락했던가. 대학에 들어가 바빠졌을 때부터……로 보이지만 실은 세탁소 바닥에 주저앉아 울음을 터뜨렸던 그날 이후부터다. 그날 은결은 제 어깨에 기대어진 시호의 머리에서 희미하게 풍기는 섬유유연제 비슷한 냄새를 들이마셨고, 시호는 제 몸속에 있던 온기의 한 조각까지 그날 모두 쏟아놓고 떠나버린 듯했다. 그 뒤로 바싹 마른 빨래와도 같은 날들이 시호에게 이어지고 있었음을 은결은 알 길이 없다. 그 빨래는 다려지지도 개켜지지도 않은 채 빨랫줄에 걸려 때때로 바람에 나부끼면서 먼지만 쌓이고 있다는 사실 또한.

그러니 행거의 자리 한 칸을 비우기 위해서라도, 계절 지난 원피스를 언젠가는 꼭 배달해야 할 것이다.

어느 날 새벽 은결은 골목 초입에서 서로 가방과 주먹을 휘두르며 소리치는 시호와 남자를 본다. 몸짓뿐만 아니라 목소리와 발음으로 보아 둘 모두 음주 상태이며 남자 쪽이 정도가 심하다. 어둠 속에서 스캔하는 데다 정면 각도가 나오지 않아서 그 남자가 편의점 조끼를 나란히 입었던 그 남자인지 또 다른 새로운 남자인지는 식별이 어렵다. 쌍방이 주고받던 폭행은 어느새 시호가 일방적으로 구타당하는 쪽으로 기울어지고, 은결은 두뇌 내장 시스템에서 발생하는 위험 신호를 감지하며, 그 신호에 따르면 저 장면은 뛰어들어 말려야 하는 것으로 분류된다. 그때 골목길 빌라에 사는 누군가가 고성 및 주폭 행위로 신고했는지, 순찰

차가 와서 두 남녀를 떼어놓는다. 혀를 차며 시호를 제 집으로 들여보내고 남자를 차에 태워가는, 전형적인 훈방의 한 과정이다. 시호가 무사하다는 사실이 확인되자 시스템 가득 차올라 흘러넘칠 듯하던 각종 부호는 어느새 무기력하게 가라앉는다. 신호와 감지와 반응 행위에 이르는 단계가 실시간으로는 찰나에 불과한데도, 인간은 그보다 더 빨리 개입하고 문제를 해결한다. 그 때문에 종종 일을 그르칠 때도 있으며 때론 정교하고도 논리적인 분석을 배제하고 불수의근의 무릎 반사 같은 결론을 내기도 하지만. 얼마나 더 노력해야 인간과 같은 판단의 속도를 얻을 수 있는지, 은결은 알지 못한다.

사흘 뒤 은결은 주인과의 아침 산책에서 돌아오던 중 시호가 백팩을 메고 바삐 걸어가는 모습을 본다. 두툼한 스카프로 목을 친친 감아 더워 보이고 야구모자를 푹 눌러썼으며 긴 머리카락으로 광대뼈를 가렸다. 명정은 잠깐 멈춰 서는 걸로 보아 시호를 알아본 듯했지만 곧 서로 모르는 사람인 것처럼 마주 지나쳐가도록 내버려둔다.

그전에 명정은 세주의 꺼칠한 얼굴과 그녀 품에 안긴, 늘 어딘가 화나 보이는 아이와 그 아이의 불어터진 손가락이며 남아나지 않은 손톱 등을 외면하고 스쳐감으로써 이미 이와 비슷한 경험을 했더랬다. 때로는 못 본 척해주는 것이 상대를 위하는 길일 수도 있다던 주인의 말뜻을, 지금은 은결도 안다. 은결은 점점 더 많이 알아간다. 수많은 유추 행위를 통해, 주인이 직접 말하지 않은 것이라도 상황을 통한 짐작으로 종합하는 경지에 이른다. 그에 따라 늘어나는 경험과 지식의 질량은 그에게 필요치 않은 무거운 털외투처럼 나날이 몸을 감싼다. 그러나 그 외투를 벗고 가벼워져야 한다는 판단만은 들지 않는다.

여름방학이 되자 지방 대학교 기숙사에 내려가 있던 준교가 올라온다. 준교 어머니는 그동안 분당에 있는 50평대 아파트에 입주도우미로 들어가 있었는데 고용주가 아기를 낳으면서 일이 늘었고, 준교가 학기 중 집에 없었으니 두 사람 다 오랜만의 귀가인 셈이다. 준교는 다음 학기를 마치고 군대에 갈 거라고 한다. 아버지가 떠난 뒤 같은 동네에서 평수를 한껏 좁혀 이사했으나 보증금은 남은 게 없고 월세도 올랐다. 담보로 걸 무엇이 없으니 전세 대출을 받을 자격이 안 되는 준교 어머니는 아들이 군대를 감으로써 잠깐의 유예를 번 듯하여 안도의 한숨을 내쉰다.

여러 가지 데이터베이스를 통해 은결이 분석하기론 이 동네

이 골목에서 그나마 바뀌지 않은 사람은 준교다. 오랜 시간 집을 비운 점을 감안하여 비율은 재계산되어야 하겠지만 현재까지는 그렇다. 그 어머니를 통해 들리는 말로는 매번 일정 기준 이상으로 학점을 맞추지 못하면 장학금과 기숙사 모두 잘리는 입장이라 스트레스가 이만저만 아니라고 했는데, 조금 살이 빠진 걸 제외하면 표정에 큰 변화는 없다.

준교는 격식 차린 학과 행사에 나갈 일이 있다고 정장을 한 벌 갖고 들어오며 바로 어제 배웅한 친구처럼 손을 흔든다. 햇볕이 건드리고 지나간 듯한 그 얼굴과, 눌러쓴 야구모자 아래로 가려진 시호 얼굴의 음영을 비교 대조하면서 은결은 옷을 펼친다. 유행을 타지 않는 고상하고 세련된 정장이다. 그가 대학에 장학생으로 입학했을 때 어머니가 큰맘 먹고 열두 달 할부로 끊어준 옷이다. 아버지의 정장이 한 벌 남아 있어서 준교는 입학식에 그걸 입고 가려 했으나 어머니는 암만 원단이 좋아도 나이 들어 보이는 색깔과 고루한 피트에 해묵은 옷으로 대학 새내기인 외아들이 은퇴 직전의 중간관리자처럼 보이는 건 싫다며 고집을 피웠었다.

“지금 물건이 평소보다 밀려 있습니다. 언제까지 필요하십니까.”

“다다음주에 개강이니 그때 갖고 내려갈 거야.”

은결은 누적된 세탁물의 수량과 최근 눈에 띄게 손이 느려진 주인의 작업 속도 사이에 이루어지는 함수관계를 종합하고 답한다.

"다음 주 화요일까지 되겠습니다. 갖다 드릴까요."

"아니 뭘, 코앞인데 내가 찾으러 오지. 넌 그나저나 진짜 변한 게 하나도 없다. 당연하지만."

은결은 준교를 올려다본다. 준교는 이제 세포 성장기가 끝난 모양으로, 작년부터 눈높이가 더 이상 높아지지 않았다. 178.5센티미터. 사람 사이에서 변한 게 없다는 인사는 그 말투가 시비조만 아니라면 보통 인상이나 외모에 대한 칭찬으로 쓰인다는 사실을 학습했으므로 은결은 자신이 뭐라고 반응해야 할지 안다. 준교 님도 신장과 근육량을 제외하곤 마찬가지입니다…… 하려던 말은 그것이었는데, 은결은 제 입에서 흘러나가는 연산 밖의 말을 차단하지 못한다.

"시호 님은 변했습니다."

종지부까지 찍고 나서야 은결은 자신의 원래 의도와 전혀 관계없는 말을 했음을 알아차린다. 은결의 두뇌에서, 심장에서—어쩌면 인공장기와 인공피부를 포함한 몸 전체의 구성물 안에서 수많은 0과 1이 뒤엉키며 경고를 보낸다. 혈관처럼 뻗은 회로 안에 설명되지 않는 무언가가 퍼져나간다. 연산 이외의 일들이 인공신경에 일어난다.

"뭐? 여기서 시호가 왜 나와."

순간 달라지는 음조. 미처 은폐하거나 조절하지 못하는 당황스러움, 불쾌함, 그리움, 반가움 가운데 무엇인가, 또는 완전히 감정의 저인망 바깥에 놓인 또 다른 무엇인가. 은결은 준교 목소리 톤의 변화와 표정의 의미를 분석해보지만 실제로 사람이 전혀 마음에도 없는 말을 태연히 할 수 있는 동물이라는 점을 생각해보면 그중 무엇에든 해당될 수 있으므로 정답을 찾아내지 못한다. 그저 실수라고 말할까, 로봇에게 실수가 웬 말이며 그저 기계적 오류에 불과하지 않느냐는 비웃음이나 살까, 여러 가지 상황에서 최적의 결과를 가져올 수 있는 대응은 어떤 것인지를 계산하는데 뜻밖에도 준교는 약간의 망설임 끝에 최후통첩이나 선언처럼 나직하게 대답을 재촉해온다.

"시호가 왜, 어떤데."

오랜만에 한 손에 원피스를 들고 빌라 1층 초인종을 눌렀을 때, 은결은 안쪽에서 새어나오는 희미한 소음을 감지한다. 철문에 귀를 바싹 대어보니, 이 정도 데시벨이라면 입이 틀어막힌 상태에서 손가락 사이로 흘러나오는 신음과 흐느낌에 가깝다. 싫다고 이제 그만 좀 하자고— 누구 맘대로 오늘 어디 끝장을 보자고— 주고받는 듯한 서로 다른 음성이 뒤엉켜 어느 말소리가 누구의 것인지 분간하기 어렵다. 초인종을 서너 번 눌러보아도 안쪽에서는 어떤 대답도 돌아오지 않고, 은결은 철문 손잡이를 잡아 좌우로 돌려보지만 꿈쩍도 하지 않으며, 이어지는 것은 둔탁한 발길질 소리와 터져 나오는 비명. 그러나 비명은 잦아드는 과정을 생략한 채 스위치를 내린 듯 순식간에 사라지는데, 다시 입이 틀어막히거나 어쩌면 목이 졸렸을 가능성을 꼽아볼 수 있다. 어느새 은결은 비닐에 싼 원피스가 바닥에 떨어져 먼지를 문대는 줄도 모르고 두 손으로 손잡이를 잡아 흔든다. 손잡이가 덜그럭거리면서 은결의 온몸이 위아래로 흔들린다. 몸속에서 솟아오르는 기계적 압력이 명료한 수치가 아닌 물살이나 태풍의 감각으로 다가오고, 은결은 이 순간 자신이 어떤 표정을 짓고 있는지 분석이나 확정은커녕 짐작조차 할 수 없다. 조금만 더 힘주어 흔들면 오래된 손잡이가 뜯어져 나올 법도 하나 그 조금까지의 거리가 아득하다. 이제 곧…… 거의 다 왔는데.

"비켜."

그때 옆에 동행했다는 사실조차 잊어버릴 뻔했던 준교가 은결의 어깨를 밀치더니 알루미늄 손잡이를 잡아당기며 동시에 문을 발로 찬다. 서로 반대 방향으로 작용하는 순간적인 힘으로 인해 부실한 손잡이가 푹 익은 닭의 뼈다귀처럼 떨어져나온다.

뒤로 휘청거리다 준교는 손잡이를 던져버리곤 안쪽에서 소리치며 뛰어나오는 사람을 아랑곳 않은 채 구멍에 손을 넣어 신속히 고리를 딴다. 문이 열리자, 눈을 부라리며 마주 나오던 남자한테 일단 주먹부터 날리고 본다. 그것이 생전 처음 보는 괴한—일단 시호의 연인으로 짐작되는—이 아니라 시호 아빠나 오빠였어도 준교는 같은 일을 했을 것이다. 안경이 날아가 비틀거리는 상대의 배를 걷어차서 자빠뜨린 뒤 멱살을 잡아 일으켜선 코와 광대뼈에 연타로 주먹을 날려 곤죽을 만들어놓는다. 사방에 피와 부러진 이가 튄다. 은결은 눈앞에서 벌어지는 이와 같은 상황을 뜯어말려야 한다는 보편의 가치 수용 능력을 순간 상실하고, 준교가 그렇게 하는 것이 절대적으로 옳은 일이라는 판단밖에 들지 않는다.

한쪽 구석에 모로 누워 꿈틀거리는 시호를 향해 두어 발짝 다가가 보니 그녀가 쓰러진 자리에도 피가 흥건하다. 상아색의 흐트러진 리넨 셔츠 여기저기에 튀거나 고인 붉은 피가 선명하게 대비되고, 은결은 위협적인 피 냄새로 후각기관이 아찔해지기에 앞서 순간적으로 떠올리기를,

지우기 어렵겠습니다.

이어서 곧바로 각혈이나 하혈 관련 응급처치 매뉴얼을 스캔하는데, 이미 괴한을 때려뉜 준교가 먼저 뛰어들어선 제 바람막

이 점퍼를 시호 어깨에 둘러 덮더니 그녀를 안아 올린다.

"구급차 불러."

눈을 감은 채 준교 팔에 몸을 맡긴 시호의 코와 입 주변도 피투성이다. 은결이 알고 있던 모든 자신감과 과단성과 웃음이며 생기 같은 것들이 검붉은 덩어리 형태를 띠고 코로 입으로 흘러나온 듯하다. 머리가 다쳤을지 모르니 그렇게 사람을 번쩍 올려 움직여선 안 된다는 원론적인 말이 순식간에 소용없어지면서 은결의 입속으로 도로 밀려들어간다. 은결은 무의미한 매뉴얼 스캔을 중단하고 내장된 의료 및 위기관리 시스템을 이용해 말 한마디 없이 구급차를 호출한다. 이런 순간에는 사람만이 할 수 있는 일이 있고, 사람이 해오던 절차와 양식이 존재하며 그것을 우선시해야 한다. 로봇의 중요한 기능 가운데 하나는 자신이 나설 수 있는 자리인지를 신속히 판단하여 사람의 행동 패턴과 동선에 혼돈을 일으키지 않는 것이다.

6인실에 시호 가족이 다녀간다. 엄마는 씁쓸하고 지친 표정, 아빠는 밖에서 몇 대나 태우고 들어왔는지 분노로 상기된 얼굴에서 니코틴 냄새가 진동하니 옆 환자의 보호자들이 눈썹 찡그릴 정도며, 오빠는 한심함과 경멸로 일관하는 눈초리인데, 그들 모두 분명 같은 지붕의 거주자들이 맞는데도 오래전 헤어졌다가 새삼스레 모인 양 낯설기는 피차일반이다. 시호는 그들 중 누구와도 눈을 마주치거나 말을 섞지 않고, 붕대를 감지 않은 나머지 한쪽 눈으로 천장만 멍하니 올려다본다.

기껏 가족이 모였는데 어째서 하필 이런 일로, 라며 아빠가 푸념하는 소리에 시호가 자기도 모르게 코웃음 친 건, 어차피 자의로든 타의로든 구심점을 잃은 가족이 간만에 모일 때란 누군가가 아프거나 사고를 쳤거나 죽었을 때 아닌가 싶어서다. 그게 아니면 아귀다툼을 위해 모이거나. 뭐든 간에 좋은 경치다.

이 상황에 남부끄러운 줄도 모르고 웃음이 나오느냐고, 오빠는 동생의 존재 자체를 비난한다. 그에겐 조금쯤 그럴 자격이 있을지도 모르겠다. 어쨌거나 등록금을 한 번은 부담해준 것이다. 그러면 가족이란 결국 무거운 부담과 막대한 담보 및 거미줄 같은 채무로 연결된, 서로가 서로에 대한 인질인가. 분명한 사실은 치즈색으로 뜬 시호의 얼굴빛을 비롯하여 여러 가지 의미에서 조각 난 몸 상태를 염려하는 말을 이 가운데 누구도 아직 건네지 않았다는 것이다. 가족이 휴식이나 피난처가 아니라 피로와 염증을 유발하는 일거리에 불과하다는 사실을, 둘러선 구성원의 표정이 상기시킨다.

한편 준교는 응급실까지 시호를 데려다놓고 각종 인적사항과 책임 관계를 작성한 뒤, 시호 엄마가 도착했을 때 목례만 남기고 슬그머니 떠난 다음부터는 퇴원 날까지 다시 들르지 않는다.

시호를 그렇게 만들어놓은 당사자의 법률적 보호자가 병실을 몇 번 드나든다. 남자 쪽은 나이로 보아선 가해자의 아버지가 아닌 비서나 친척 정도 되는 모양이며, 손에는 바로 건넬 준비가 된 두툼한 봉투가 들려 있다. 여자 쪽은 어머니가 맞는 듯하고 대화에는 직접 참여하지 않으며 간간이 짜증스러운 얼굴로 금빛 손목시계를 들여다보다 빨리 마치라는 듯 남자 쪽에 눈치를 준다.

그들이 내세우는 말은, 제삼자가 끼어들어 아들의 얼굴을 부숴놨으니 오히려 그 청년을 폭행죄로 고소해야 마땅하며 형사 고발에 들어가더라도 과잉 방어에 해당하여 자기네 쪽에 승산이 있으나, 그런 사소한 일에 기를 빨리기도 거추장스러운 데다 아들을 가르치는 차원에서 특별히 모른 척해줄 테니 병원비만 먹고 떨어지라는 것이다. 그때 시호는, 엄마가 일이 더 커지지 않음에 감읍한 나머지 허리를 숙이고 두 손을 내밀곤 싫은 티를 내는 여인의 손을 굳이 붙들어 감싸는 장면을 바라보며 쓴웃음이 새어 나오는 걸 참는다. 이어서 돌아본 아빠의 얼굴에서는, 더 받아낼 뻔했던 것을 '완벽한 피해자'가 되지 못하게 긁어 부스럼을 만든 준교에 대한 불만을 읽어내고 만다.

합의는 조용히 이루어지고, 가해자는 사과 한마디 없이 어떠한 처벌도 당하지 않으며, 식어버린 고기 위의 기름 더께를 긁어내듯 지탱해온 연인의 관계는 그렇게 매조지가 된다.

가족이 또다시 일상의 팽팽한 현을 당기러 흩어지고, 누구의 도움도 부축도 없이 혼자서 예정보다 하루 일찍 원무과 일을 보고 집에 돌아온 시호는 제 방문을 연다. 퇴원 직전 준교의 전화가 걸려왔지만 받지 않았다. 내일 퇴원이지 정산도 해야 하고 짐도 있고 몸도 덜 추스르고 정신없을 텐데 데리러 갈까 아님 부모님 오시냐 필요하면 연락해라 문자메시지를 보곤 준교가 내일 혼자 병원 로비에서 허탕 치지 않도록 이미 돌아왔어, 한마디만 전송한 뒤 전화기를 침대에 던진다.

방 안 침대에는 비닐에 싸인 무언가가 내던지듯 뉘어 있다. 부기가 덜 빠진 눈을 가늘게 떠서 바라보니 원피스 한 벌이다. 시호는 한동안 의아하다는 표정으로 고개를 기우뚱하다가, 그것이 자기 것이었음을 비로소 기억해내곤 실소를 머금는다. 은결이 떨어뜨린 걸 가족 중 누군가가 뒤늦게 들여놓고 팽개친 모양, 비닐에는 빌라 복도의 회색 흙먼지에 발자국 네댓 개가 찍힌 그대로다. 비닐을 벗겨내고 옷에는 달리 묻은 데가 없는지 앞뒤로 살핀다. 그러다 무심코 주머니에 손을 넣어보는데 무언가 까끌까끌하며 자잘한 알갱이 같은 게 만져진다.

이 할아버지가, 암만 잊고 오랫동안 방치했어도 그렇지 세탁을 대체 어떻게 한 거람.

손을 뽑아보니 손가락에 붙어 나온 것은 모래나 먼지가 아닌, 이름 모를 구체의 씨앗들이다. 바싹 말랐고 너무나 작아 육안으로는 커피를 내린 뒤의 찌꺼기인가 싶지만 아직까지 형태가 살아 있는, 언제라도 습기를 머금을 준비가 되었으며 그 무엇인가가 돋아나거나 피어날 가능성을 고요히 품은 씨앗들을, 시호는 손가락 끝으로 만지작거린다.

양 손가락과 팔목을 쓰면 아슬아슬하나 세탁물 옷걸이를 스무 개 가까이 걸고 다닐 수 있다. 입력된 조작은 학습을 통해 섬세해지며 반복을 거쳐 무르익고 진화한다. 그 상태로 은결이 빌라 골목 한 바퀴를 돌고 빈손으로 세탁소로 돌아오는 동안 어둠의 공기가 부풀어 오른다. 담 밖으로 기지개를 켠 감나무의 잎들이 가지를 긁고 지나가는 밤바람에 호응하듯 서걱거린다. 늦어도 밤 9시에는 세탁소 문을 닫아야 하며, 주인은 이미 집으로 올라갔을 것이다.

명정은 이제 웬만해서는 다른 블록의 세탁물을 맡지 않는다. 사후 관리가 제대로 되지 않고, 걷기는 애매하며 타기엔 코앞 거리의 세탁물들을 승합차로 배달하는 게 연비와 효율이 떨어져서이기도 한데, 언덕바지 신축 아파트 상가에 큰 세탁편의점 체인이 생긴 뒤로는 단골을 제외한 손님들이 그쪽으로 상당수 분산된 데다, 지금은 무엇이든 쥐었던 부스러기들을 그가 조금씩 놓아가는 과정으로 보아야 할 것이다. 주위 빌라들은 앞으로 얼마나 버틸지 모르나 차례로 헐리고 새 아파트가 들어설 테며, 그에 따라 세탁소는 이 상가 건물을 언제고 비워주어야 할 것이다. 건물주는 당장 월세를 실컷 올려 받아 뽕을 뽑고 있지만 결국 건물을 다른 이의 손에 넘길 것이며, 그런 뒤에는 새 아파트의 품격에 어울리는 신식 상가의 도래를 위해 지금의 상가 자체가 철거되리라. 상가나 빌라에 사는 모든 사람들이 아는 그 결말이 다만 언제 올지 날짜만 박아놓지 않았을 뿐이다. 부동산 업자들은 기존의 대단지였던 주공이나 시영아파트를 부술 때도 진통이 이만저만 아니었는데 워낙 붙박이가 많고 알부자부터 최하층까지 모여 살며 저마다의 이해관계가 너무나도 다른 이 동네 이 골목을 그리 쉽게 밀어버리지는 못할 것으로 전망하지만, 전국에 아파트가 들어서는 속도를 보자면 언젠가 그날이 오기는 온다.

은결이 문을 열고 들어섰을 때, 가정용 세탁기를 마주 보고 앉은 시호의 옆모습이 보인다. 시호는 은결에게 눈길을 돌리지 않고, 뛰어들어 빨래 더미와 한 몸이라도 될 것처럼 세탁기 창만 응시한다.

"자리 비운 것 같기에 들어와서 내 맘대로 썼어."

지금은 각 가정의 세탁기가 얼었을 만한 계절이 아니다.

"예상은 했는데 몇 번을 돌려도 안 지워지네."

"뭐가 묻었습니까."

지나치게 심상하게 물으니 시호는 현장을 코앞에서 목격하고 관여까지 한 네가 그걸 모르냐고 순간 반문할 뻔하다 도리질한다. 은결의 그 말은 강세가 뒤쪽에 있어서, 기름이나 흙이나 '무엇'이 묻었느냐는 순수한 궁금증의 표현이 아닌 '뭔가가 (묻을 일이 뭐가 있다고) 묻기라도 했냐'고 들릴 수 있었다. 어느새 로봇이 있는 일상을 잊은 탓이다. 그가 감정이 있고 그에 따라 억양을 조율할 줄 안다고 착각할 정도라니.

"피 말이야."

그 차가운 파열음에 은결은 비로소 상아색 리넨 셔츠에 흥건하게 고였던 새빨간 핏물을 떠올리고, 그것을 입은 채로 병원에서 오래도록 체류했으니 이미 갈변하여 굳었으리라고 짐작하면서 시호 옆을 조심스레 지나쳐간다.

"원하시면 과산화수소와 중성세제를 써서 빼드리겠습니다."

은결이 사람이었다면 이와 같은 상황에서는 먼저 지나가는 말로라도 몸은 좀 어떤가, 다 나았는가 물어볼 것이다. 거기서 오지랖 열두 폭을 펼치는 동네 아주머니 아저씨들 같으면 벌써 퇴원해도 되느냐, 더 누워 있지 않고, 그래서 그놈과 사후 처리는 어땠는지 등등, 자신들이 돕거나 책임져줄 수 없는 사안에 대해 송곳니 같은 호기심을 감추지 않으며 수선을 피울 것이다. 그날로부터 시일이 퍽 흐르긴 했지만 사람은 인과관계를 항상 염두에 두는 생물이며, 무엇보다 분위기를 파악하고 그에 따른 추임새를 넣으려 애쓰는 존재다. 상대를 딱히 싫어하지만 않는다면. 인사란 그런 것이다. 잘 잤어요, 오랜만, 같은 습관과는 또 다른 작용을 주고받기. 사고와 관계의 지층을 쌓아오는 동안 표면을 어루만짐으로써도 이면을 촉각하게 된 존재가 사람인 것이다.

"소용없어. 어제오늘 묻은 것도 아니고 자국이 남는 게 당연하지."

"응고가 완료된 거라면 쉽지는 않겠지만 어느 정도는 물리적으로 가능합니다. 고가의 의류라면 아깝게 됐네요."

나한테 비싼 옷이 어딨니, 웃음기 밴 시호의 목소리가 은결의 어깨 너머에서 경쾌하게 미끄러진다.

"괜찮아. 형태가 있는 건 더러워지게 마련이니까."

"그래도 사람들은 지우고 또 지웁니다. 어차피 다시 졸릴 테니 잠자리에 들 필요가 없다고 말하지는 않는 것처럼요."

각종 기기의 전원을 뽑고, 가게 정리를 대강 마치고 몸을 돌리던 은결은 시호의 눈과 마주친다. 세탁기 창만 들여다보는 줄 알았는데 언제부터인지 그에게로 시선이 돌아와 있었던 모양이다. 그 눈이 가벼운 충격으로 번들거려서 은결은 자기가 꺼낸 비유가 부적절했는지도 모른다고 감지한다.

"졸려서 눈을 비빈다는 동작의 까닭과 느낌을 알지도 못할 거면서, 그런 식의 예시는 들 줄 아는구나."

그것은 혼잣말에 가까운 음조이기에 대꾸를 해야 하는지 가만히 있어야 하는지 은결은 잠깐 계산하다가, 어차피 선택지는 둘 중 하나뿐이며 그는 모호함과 거리가 먼 존재이므로 대답한다.

"그렇습니다. 말은 계속 학습되니까요. 말의 활용 범위가 늘기도 합니다."

"그래, 네 말대로 사람은 그럼에도 불구하고 지우고 또 지우지. 하지만 대부분의 사람은……."

아무리 약품을 집중 분사해도 직물과 분리되지 않는 오염이 생기게 마련이듯이, 사람은 누구나 인생의 어느 순간에 이르면 제거도 수정도 불가능한 한 점의 얼룩을 살아내야만 한다. 부주의하게 놓아둔 바람에 팽창과 수축을 거쳐 변형된 가죽처럼, 복원 불가능한 자신의 모습을 받아들여야 한다.

헹굼과 탈수가 끝난 옷들이 건조 단계로 넘어가는 벨이 울린다. 시호는 가벼운 미소와 함께 고개 저으며 다시 세탁기 창을 마주 본다.

"다음 학기엔 복학하려고 알바 다 줄이고 패밀리레스토랑 하나 남겨두었는데, 입원하느라고 계속 결근하다 잘렸어. 하긴 뭐 그전에도, 그딴 면상으로 나타날 거면 일 관두라고 어시스턴트 매니저가 벼르긴 했지만."

은결이 듣거나 말거나 시호는 등을 돌려대고 앉아선 말을 이어간다.

“비록 잘리는 형태가 되어서 분하긴 하지만, 거기는 그만두길 백번 잘했지. 시급은 편의점보다 높았지만 오래 있을 데가 아니라고 생각은 그전에도 했어. 어시스턴트 매니저라는 인간이 워낙 답이 없었거든. 솔직히 그래, 눈탱이 밤탱이로 나타난 알바생한테 염려는커녕 일 때려치우라고 직설적으로 말하는 것까진 내가 넓은 맘으로 이해하겠거든. 자기 몸 관리나 사생활 관리도, 알바도 프로페셔널! 그럴듯하잖아? 손님 응대하는 일인데 멍들고 터진 입술로 주문 받으러 오면 그거 누가 좋아해.

하지만 매니저 인간성은 내 다친 얼굴을 문제 삼아서가 아니라, 그전부터 꾸준히 치를 떨었던 부분이거든. 그러니까 내가 거기서 일 시작한 지 얼마 되지 않았을 때인데, 입구에 웨이팅이 한창 많을 시간이었어. 매니저가 내 어깨 쿡쿡 찌르더니 ‘저 창가 26번 테이블 손님께 말 잘해서 나가게 해달라’는 거야. 무슨 일인가 싶어서 돌아보니 손님이 네 명인데 연세 드신 엄마 아빠랑 아이가 둘이야. 아이가 하나는 다 큰 청년이고 다른 하나는 고등학생 정도 여자애. 큰아들은 무언가를 말하거나 웃을 때마다 고개가 까딱거리고 뒤틀렸어. 자기가 말하는 소리가 자기 귀에 선명하게 들리지 않는 듯, 뭐라고 얘기할 때마다 본의 아니게 소리를 지르게 되는 식이었어. 그런데 입이 비틀렸으니 발음은 부정확할 수밖에 없고, 말을 하려고 애쓸수록 턱 밑으로 침이 흐르는 것도 어쩔 수 없는 일이었어. 나로선 1분도 버티기 힘든 방향으로 꺾인 채 굳어진 손으로 포크를 잡고 있었는데 식사 도중 포크를 열 번은 떨어뜨려도 이상하지 않을 것처럼 보였지. 바로 직전에 매니저가 접수처 예약 스태프한테 막 뭐라고 야단했던 소리가 바로 저걸 말하는 거였구나, 감이 딱 왔어. 스태프 언니는 우물쭈물하며 울먹이기를 '전화 예약하고 정당하게 오신 손님이다. 일행 중에 몸이 불편한 분이 계시냐고 물어볼 수는 없지 않느냐. 문 앞에 와서야 알았다.' 매니저는 변명 집어치우라고 한숨 쉬더니 나한테 와선 뭐라는지 알아? '원래 진상 손님 상대해서 내보내는 건 남자 직원의 일이다. 하지만 저분들은 진상을 부리는 상황이 아니기 때문에 인상 착하고 예쁜 여직원이 부드럽게 잘 달래야 먹힐 것 같다'나. 예쁜 여직원이라고 영혼 없는 수사로 띄워주면 누가 혹해서 들어줄 줄 알았나 보지? 평소 내 성격대로라면 그 자리에서 타블리에를 벗어다가 그 자식 상판대기를 갈기고 나와버려도 모자랐겠지. 하지만 이미 숱한 알바로 사회 물을 먹어본 사람이 암만 고까워도 그렇겐 못하지. 포인트는 그럼에도 불구하고 비굴하지 않게 말하기야. '죄송하지만 매니저님 말씀대로 저분은 자신의 몸이 불편할 뿐 주위 손님들에게 불편을 주는 게 아니기 때문에 저는 못하겠습니다.' 그랬더니 매니저가 바로 본색을 드러내더라. 존재 자체만으로도 시각적 불편을 주는 사람이 세상에는 분명 있다면서 말이야. 사람은 아름답지 않은 것을 보지 않고 우아한 분위기에서 편안한 식사를 즐길 권리가 있는데 저 손님은 외모가 시각 공해이며 의미불명인 말소리는 청각 공해라고. 다른 손님들이 돈을 지불하고 평화롭게 식사할 권리와, 저 손님들이 저 자리를 차지할 권리를 동시에 보호하기 위해 주위 테이블 네 개를 비워둘 수는 없다고 말이야. 내가 거기서 말문을 잃고 어버버했을까? 천만에, 카운터펀치를 먹였지. '그러면 매니저님은 어디 카페 같은 데 가셔서 옆자리 손님이, 저렇게 생긴 비주얼 보면서 차 마시기 싫다고 컴플레인 넣어도 괜찮으시겠네요.' 여기저기서 다른 서버들이 픽픽 웃음 참는 소리가 들려왔는데, 매니저는 뜻밖에도 얼굴색 하나 안 바뀌고 맞받아서 비아냥거리는 거야. '네 옆자리에 누가 앉아서 계속 머리 긁고 비듬 털어내면서 혼자 랩을 하면 너는 밥 먹다가 조마조마하지 않겠어? 그 사람이 너한테 지금은 해코지를 안 하더라도 언제 무슨 짓을 할지 모른다는 불안감에 떨지 않을 자신 있어? 나는 그런 상황에 내 손님을 놔두고 싶지 않아. 그래, 내 비주얼? 누가 저 사람 못생겼으니 치워달라고 하면 나는 내 발로 나와 집에 가서 차려 먹을 거야. 그게 여러 사람을 위하는 길이 확실하다면 말이지.' 듣다 보니 이런, 욕을 한 바가지 해줘야겠는데 이 자식은, 말도 안 되는 걸 묘하게 마치 틀린 데 없는 것처럼 포장해서 그럴듯하게 말하는 재주가 있더라. 거기에 덧붙이기를, '이미 너는 처음 전제부터가, 몸만 불편한 건 자기 기준에 괜찮고 정신지체라면 손님들에게 위해 요소가 될 수 있으니 방출에 동의한다는 식으로 대답하지 않았나? 너는 눈빛만 봐도 몸이 아픈지 정신이 안 좋은지 분간하는 혜안을 지녔나? 그리고 설령 구별된다 치면 그 기준에 따라 손님을 들이고 내보내는 것까지는 차별이 아닌 당위라고 생각하나?' 분명 처음에 말 꺼낸 건 그 자식인데, 듣다 보니 왠지 내가 내 기분만 따지고 개인적 정의감만 충족시키기에 혈안이 된 년으로 둔갑한 것 같았어. 내가 왜 똑바로 고개 들고 대꾸하지 못했을까. 아마 그 자식이 찌른 자리가 사실이고 나는 할 말이 없었던 거겠지. 내 안에서 나도 모르게 급을 나누고 구획과 경계를 설정하고, 꼴에 관용이나 배려랍시고 베푸는 척을 해왔을지도 모른다는 걸 그 자식이 들춰낸 거지. 누구도 경계를 나눌 자격이 없으며 배려는 베푸는 게 아니라 그저 실행하는 것이어야 하는데도, 내 마음과 내 인식이 거기까지 따라주지 못했고 나는 그저 그럴듯한 제스처를 취했을 뿐이라는 사실을, 그 자식이 정확하게 짚어낸 거였어, 그걸 의도했든 안 했든 말이야. 거기다가 마지막으로 쐐기를 박기를, '너 철학과 다닌다고 했나? 최대 다수의 최대 행복은 중학교 도덕책에도 나올 텐데.' 이쯤 됐으면 말 돌려봤자 본전도 못 찾는다 싶더라고. 나는 타블리에를 벗어다 매니저 얼굴을 후려치는 대신 바닥에 팽개쳤어. 아니 팽개친 게 다 뭐야, 덜덜 떨면서 그냥 흘렸지. 눈도 안 마주치고 기어들어가는 목소리로 바닥만 보면서 쥐어짜냈지. '저더러 위선자라고 하시는 거 상관없는데 아무튼 저는 못합니다. 공리주의 좋아하시는 매니저님이 직접 하세요.' 그랬더니 매니저가 실실 쪼개면서 나더러 도망치지 말고 어디 한번 그 말에 책임을 져보래. '어디서 훌렁훌렁 벗어젖히면 그만인 줄 아느냐, 네가 버린 거 주워라.' 그리고 저 테이블이랑 주위의 15 16 25 27번까지 네가 맡으래. 플로어에 손님도 꾸역꾸역 몰려들겠다, 내가 일 버리고 나간 무책임한 년 되기 싫어서 오늘까지만 하고 진짜 관둔다 싶었지. 마침 들어오는 남녀 일행을 빈자리로 안내했더니, 걔들이 자리에 앉지 않고 머뭇거려. '저기요, 이 자리 말고 다른 데 없어요?' 남자가 묻기에 '죄송합니다 고객님, 현재 여기 네 자리뿐입니다' 했더니 걔들 그냥 나가더라. 다음으로 남자 네 명 와서 역시 안내했더니 이 새끼들은 대놓고 내 어깨 툭 밀치곤 '아이 미친년 재수 없게 사람을 뭘로 보고' 내뱉더니 또 나가. 그다음에 3인 가족이 와서 안내했더니 애아빠가 나한테 타일러. '아가씨, 나도 자식이 있어서 이해하고 싶은데 아무리 그래도 이건 아니지. 우리 애 고작 다섯 살이에요. 어떻게 저—(옆을 흘낏 보더니 목소리를 한껏 낮추곤)—여기서 식사하라고 할 수 있어?' 이런 식으로 몇 팀이 퇴짜 놓고 나가는 와중에도 넷 중 두 테이블이 간신히 채워지긴 했어. 나는 서빙을 보는 동안 어느새 그 지체부자유 손님의 가족이 빨리 식사를 마치고 나가줬으면 좋겠다는 생각을 하는 나 스스로한테 놀랐고, 놀라움이 자기혐오로 바뀌는 데엔 그리 오랜 시간이 걸리지 않았어. 하지만 포크를 바른 자세로 쓰기 힘든 사람이 30분 만에 식사를 마치고 나갈 수 있을 리가 없잖아. 그 가족의 엄마는 아들이 포크를 떨어뜨린 처음 두 번은 나를 불러 새로 가져다달라고 했는데, 세 번째부터는 사람 오라 가라 계속 부르기 민망했는지 떨어진 걸 그냥 물수건으로 닦아서 쓰기 시작하더라고. 그러는 거 보기 싫어서, 오기로라도 더 포크를 갖다 주고 싶었어. 생각해봐, 포크가 떨어져서 새로 갖다 달라고 부탁하는 건 고객의 권리란 말이야, 그게 어떤 고객이라고 해도. 하지만 포크를 주워 쓰는 그 모습에서 그들은 그동안 매니저 말마따나, 존재 자체만으로도 주위에 얼마나 민폐가 되어왔고 스스로 어깨를 움츠려왔는지를 미루어 짐작할 수 있었어. 물론 포크 이전에도 딸을 제외한 일가족의 옷차림부터가, 유행과는 전혀 무관하고 오래되어 보이는데 모처럼 나들이를 나오느라 해묵은 먼지를 떨고 갖춰 입은 태가 났기 때문에, 이런 외식 자리가 그들로선 한없이 처음에 가깝다는 걸 알 수 있었지. 딸은 익숙한 몸짓으로 제 오빠를 거들고 냅킨이나 물잔 등을 케어하다가 종종 한숨짓기도 하며 대부분은 자기 휴대전화를 들여다보면서 가족의 화목에 참여하기를 거부하고 있었어. 아무튼 나는 눈치껏 새 포크를 가지러 자리를 잠깐 비웠다 돌아왔는데, 이미 문제가 생긴 뒤였어. 그 가족이 뭔가 웃기는 일이라도 있었는지 얘기를 나누다 박장대소라도 했나 봐. 아들의 목소리가 좀 크고 음성과 음운이 기괴하다는 건 나는 계속 들어서 알고 있었는데, 대각선 뒤 테이블에 앉은 손님들이 자기들 딴엔 참다 참다 컴플레인을 걸어온 거였지. '여기 물 관리 안 해요? 조용히 좀 하라고 주의를 주든가, 소리 크게 낼 때마다 우리 애가 흠칫흠칫 놀라잖아요. 파스타가 눈으로 들어가는지 코로 들어가는지 모르겠네.' 흘낏 봤더니 놀랐다는 아이는 유아용 부스터에 앉아서 소고기필라프를 잘만 퍼 넣고 있더라. '정말 죄송합니다, 고객님. 가서 조금만 목소리를 낮춰주십사 잘 말씀드리겠습니다' 했더니 이 사람들이 식대는 말할 것도 없고 불안한 상태에서 식사를 진행한 정신적 피해 보상금을 운운하기 시작했어. 제대로 진지하게 계산기 두드려가면서 한 말은 아니지만, '이거 프랜차이즈 본사 게시판에 올려서 피해 보상 청구해도 할 말 없는 거 알죠?' 이런 식으로. 그때 문득 옛날에 우리 아빠가 결국 치료비 보조는 언감

생심에 사람의 살이 익어가는 현장을 지켜본 손님들한테 오히려 돈 백만 원 물어줬던 일이 떠올랐어. 무조건 그 테이블 앞에 무릎부터 꿇었지. 두 무릎 꿇는 건 서버에게 조금도 어려운 일이 아니야, 주문 받을 때부터 이미 한쪽은 꿇고 시작하니까. 그런데 내가 너무 급해서 판단을 잘못한 모양이지? 애엄마 목소리가 오히려 더 높아졌거든. '보자 보자 하니 아가씨, 이게 지금 뭐 하자는 거예요. 가만있는 사람을 블랙컨슈머로 만드네.' 주위 다른 파티션 너머 테이블에서도 이쪽을 힐끔거리며 수런거리고, 그야말로 호미로 막을 걸 가래로도 감당 못할 소란이 될 참이었지. 그때 무슨 일이 생겨도 절대 도와주지 않을 거라고 못을 박았던 매니저가 어느새 옆에 다가와선 서비스 음료와 샐러드 제공에 25퍼센트 할인쿠폰까지 합쳐서 얘기가 더 커지는 걸 눌렀어. 그러는 동안 드디어 예의 4인 가족이 빌지를 들고 자리에서 일어났지. 나가기 전에 그 집 엄마가 내 어깨 두드리면서 말하더라고. '아가씨, 우리 때문에 그러지 않아도 됩니다. 싫은 소리 안 하고 포크를 계속 바꿔다 주어서 고마워요.' 나는 그런 말을 들을 자격이 없는데, 이들이 언제 떠나나 그것만 기다리면서 내 결정에 후회하지 않으려고 애썼을 뿐인데. 그 아주머니의 인사가 내게 있어서 넌 틀리지 않았다는 위로나 격려가 되었다면 얼마나 좋았을까만, 정작 그건 생각지도 못한 장소에서 왔지.

가게 정리하고 매니저가 스태프실로 따로 불렀어. 4인 가족의 식대가 총 11만 원, 그 가족이 머문 1시간 45분 동안 빈자리를 채우지 못하고 돌려보낸 손님의 수와, 근처 테이블에 제공한 각종 서비스 등을 합하면 러프하게 잡아도 45만 원. 오늘 하루 예상 매출에서 발생한 최소 34만 원의 피해액에 대해 어떻게 생각하는지 말해보래. 그건 제가 앞으로 60시간을 무보수로 일해서 갚고 60시간 채우는 대로 그만두겠다고, 악에 받친 걸 참고 대답할 때는 이미 나도 녹초가 되어 있었어. 그랬더니 이 인간이 어디서 약을 빨고 왔는지, 됐대, 수고 많았대. 오늘 일이 좋은 경험이 되었길 바라고 내일도 정상 출근하래. 그때 나는 매니저가 결국 테이블로 와서 도와준 걸 떠올리며 그리 나쁜 사람이 아닐지도 모른다는 생각이 들었어. 지금이야 단단히 착각인 거 알지, 매니저는 그저 자기가 관리해야 하는 매장에서 소동이 생기지 않도록 당연한 조치를 취한 것뿐인데, 그 당시엔 그랬네. 몇 시간을 조였던 긴장이 확 풀려서 그 자리에 선 채로 눈물이 터지고 만 거야. 그랬더니 각티슈 집어 건네주더라? 내가 바보였지, 아주머니의 고맙단 한마디보다 하얀 휴지가 더 크게 다가왔다니 말이야.

그런 감정은 사건 자체보다 그 순간 상황과의 우연한 화학작용을 통해 발생하는 경향이 있나 봐. 내 껍데기가 있는 대로 벗겨진 느낌이 들었든 순전한 호감이었든 간에, 이도 저도 아니면 그저 남친과 깨진 지 얼마 되지 않았을 무렵이었기 때문이라고 해둘까, 지난 시간을 몇 번이나 반복 재생한들 내가 정신이 나갔었다는 사실은 변하지 않아. 지금까지의 이야기에서 짐작했는지 모르겠는데 병 주고 약 주고를 반복한 미친놈이 바로 그 매니저야. 자기가 패놓곤 이튿날 다른 서버들 앞에선 면상이랑 행실 관리 똑바로 하고 다니라며 주의 주던 놈이지. 이제 제발 그만하자 놔달라 소리 나오면 패고 또 패고. 처음엔 출근에 신경이라도 썼는지 눈에 안 띄는 데로 골라 패다가 나중엔 가리지도 않아. 그러니 그걸 누구 붙들고 도와달라며 비명 지를 엄두가 안 나더라. 입을 열기 시작하면 그동안 있었던 모든 변태적인 행각들을 들춰내야 하고, 그랬을 때 손가락질 받는 쪽은 왠지는 모르지만 때린 놈이 아니라 맞은 년이거든. 당장 우리 엄마 아빠만 봐도 알지. 애당초 왜 그런 데서 알바를 해서 이 사달을 만들었냐고 날 탓하는 사람들인걸. 그나마 오빠가 본질적인 관계는 없지만 딱 한마디 하긴 하더라. 고생했다, 당분간 알바 같은 거 하지 말고 학교도 좀 더 오래 쉬라고."

거기까지 말해놓고 문득 시호는 상처와 함께 이미 사라졌을 터인 통증이 옆구리를 선명히 파고드는 것을 느끼곤 어깨를 들먹이면서 웃는다.

"너 내가 무슨 소리 하는 건지 하나도 모르지."

그렇게 말하며 고개를 들어보니, 어느새 옆에 은결이 나란히 앉아 있다. 어디까지 들었는지 알 수 없고 그의 시선은 건조 코스가 끝나가는 옷더미를 향하고 있을 뿐이지만, 시호는 자신의 몸을 뜨겁게 통과하고 부서진 감정에 대해 말하기에 이보다 더 적당한 상대는 없다고 생각한다.

"바로 그래서야, 공연히 너를 붙들고 주절거린 이유가. 너는 어차피 전후 맥락이 없이는 이 길고 복잡한 이야기와 안에 담긴 권력이니 포즈니 관계들을 알아듣지 못할 테니까. 알아듣지 못하면 섣불리 이해하는 척하지도 않을 테고, 나를 탓하지도 않을 테니까. 그 점이 편리해서 그랬어 내가. 이런 얘기 달리 어디다 하겠니."

그는 완성하지 못한 그림을 품평하지 않고, 색과 선과 기법을 알지만 이미 그어지고 만 것에 대해 가치를 따져 묻지 않을 것이다. 회한을 유도하지 않고 가만히 기대도 되는 벽처럼 거기 앉아 있다. 그러나 그 벽은 사용자가 위로를 얻기 위한 어떤 레버도 당기지 않았음에도 제 스스로 입을 열어 말한다.

"아닙니다. 이해합니다."

당신을 이해합니다. 그 말은 어느 매뉴얼에 입력된 설정인가. 사용자에게 호응하고 사용자에 대한 호감을 표시하는 그 말은. 누구에게나 적용 가능한 적절하고 무난한 격려를 나타내는 말. 그처럼 정형화된 반응에는 자로 잰 듯한 감사 인사를 돌려줄 수밖에 없다.

"그래, 알아줘서 고마워."

"그러니까 죄송하게도, 들려주신 이야기 속에 인물이 대략 21인이나 등장하고 약간의 생략된 맥락들이 있어서 모든 조각을 다 맞추지는 못합니다만, 그래도 중요한 사실만은 알아들었습니다. 당신은 자리를 피하지 않고 당신이 해야 할 일을 끝까지 해냈고, 부자유한 사람과 그 가족을 위할 줄 알면서, 동시에 다른 손님들의 권리를 소홀히 다루지 않기 위한 노력을 다했다는 점입니다. 비록 소극적인 형태라고 하겠으나 불의에 저항하기를 그만두지도 않았습니다. 선의가 항상 보답으로 돌아오는 건 아니기에 당신은 부당한 곤경에 처했고 이제 비로소 빠져나왔습니다. 그 이상 알아야 할 것이 달리 있습니까."

넋 놓고 있다가 머리채를 잡힌 듯한 표정으로 은결의 옆모습을 바라보던 시호는, 문득 눈이 마주치자 제 동그래진 눈이 떨리는 것을 들키고 싶지 않다는 듯이 무릎에 고개를 파묻는다.

"너 완전 주제넘어. 뭐냐고 진짜. 왜 다른 사람도 아닌 네가 그렇게 말하는 건데. 선의가 반드시 보답받지는 못한다는 걸, 네가 어떻게 아는 건데. 그거 다 어디에 입력 저장되어 있어서 그리 아무렇지도 않게 불쑥 튀어나오는 거냐고."

시호의 말 속에는 명확한 힐난의 어휘가 들어 있지 않으나 말투는 왠지 탓하는 쪽에 가까워서 은결은 자동반사로 대답한다.

"죄송합니다."

"됐어, 너 잘못한 거 없어. 그냥 내가 깜짝 놀랐을 뿐이야."

시호는 그래봤자 전원을 차단하고 나면 아무것도 아닌 한 대의 로봇이 건네는 말이 터널 끝의 불빛처럼 빛난다고 여긴다. 아무런 감정 없이 사용자의 기쁜 일 슬픈 일을 모두 받아주는 휴지통 같은 로봇을 정물화 속 사과 모양으로 집에 두고 살아가는 일상을 문득 상상해본다. 누구에게도 말할 수 없는 수치나 분쇄된 자존심, 방향감각을 상실한 울분 같은 것들을 던져 넣을 수 있는 휴지통. 거기에 쓰레기를 먹고 나면 사용자의 귀에 달콤한 말을 토해내기까지. 너는 괜찮아, 잘했어, 다음엔 잘될 거야 등등. 로봇은 무한한 이해와 관용을 흉내 내고 사람은 공감대가 형성되는 느낌을 소비함으로써 스트레스 없이 나날이 개운한 일상. 코드가 맞지 않는 동거인보다 유용하고 뒤끝 없는.

그러나 사람은 듣고 싶은 말만 들으면서 살아갈 수 없다. 대개 적의와 비난의 언사로 흘러넘치는 세계에서 그나마 들어줄 만한 말이라곤 공허한 말장난이나 모호한 비유 정도일 것이다. 그 밖에도 만나고 싶지 않은 얼굴들을 마주 대하며, 하기 싫은 일을 많이 양보해서 다섯 번 가운데 한 번은 하고, 맞추고 싶지 않은 분위기를 띄우며, 때론 누군가를 휴지통으로 삼기는커녕 누군가 뱉어낸 쓰레기를 자신이 기꺼이 삼켜주는 일도 한다. 그러므로 시호는 조율과 적응이라는 그럴듯한 이름으로 스스로의 욕망을 누르거나 지우는 데 익숙해질 것이다. 시호는 자신이 그 밖의 다른 방법으로 살아갈 수 있는 인간이 아니라는 사실을 잘 안다.

건조가 끝난 옷을 에코백에 쑤셔 넣으며 시호는 말한다.

"나 팔이 아픈데."

"예?"

"나 팔이 아프다고."

"아…… 괜찮으시면 집까지 들어다 드리겠습니다."

"굿 잡."

이렇게 되기까지 오랜 시일이 걸렸으며 지금도 순간 판단체계가 번지수를 헤맬 뻔하기도 했으나 눈부신 발전이다. 화자가 말하지 않은 저 너머의 의도를 추론하며 요청을 수락하고 실행에 옮기는 일이, 은결은 어느 정도 선에서는 가능한 것이다. 인간 사이에서 오래도록 지내며 어떤 역동적인 사건 사고도 없이, 수많은 빨래 더미에 부대끼는 동안 모르는 새 이염되어 어설픈 범위와 색으로 물든 직물이나 마찬가지로, 그는 그의 시스템과

부속품들이 허락하는 한, 새로운 영장류가 될 기미를 조금은 보이는 것이다.

"하지만 혼자 들 수 있어. 내가 정말 하고 싶은 얘기는 좀 다른 거야."

좀 다른 것이라 하니 팔 아닌 다리가 아프기라도 한가, 실은 그녀는 퇴원한 지 얼마 되지 않았을 테니 온몸이 안 아픈 데가 없을 것인데, 인간이 말하는 '좀 다름'의 기준이란 들쑥날쑥하다. 입에서 굴리던 말과 그것이 지시하는 화제들이 좀 다른 정도가 아니라 전혀 관계없는 곳으로 튀어 옮겨지더라도 인간은 '좀 다른 얘긴데'라고 말하며, 좀이라는 건 그날의 날씨나 기분에 따라 알파에서 오메가까지를 전부 포함할 수도 있다.

"너희 도움을 받아서 병원에 실려 갔다 온 내가 이런 말을 하는 것도 배부른 소리일지 몰라. 그래도 흔적이 남는다고 해서 터진 자리에 바늘 한 번 대지 않고 내버려두고 싶진 않아. 여건만 허락한다면 나는 좋아하는 사람과 함께 늙어가고 싶고, 옹색한 생활의 굴곡을 감당하고 싶어. 서로 비슷한 일과 사물에서 긴장을 느끼고 그것을 이완하기 위한 노력을 함께 하고 싶어. 슬픔이나 근심의 타이밍이 서로 다르더라도 공감의 여지만은 남겨두고 싶고, 어쩌면 계산되지 않는 그 다름이야말로 함께하는 이유의 전부가 될 수도 있겠지. 같은 날 같은 시에 나란히 죽는다는 꿈은 비현실적인 낭만이지만, 적어도 서로 오랜 시차를 두지 않고 사라지는 게 좋겠어. 지금까지 말한 것들 가운데 대부분이 뜻대로 이루어지지 않더라도 최소한의 가능성을 버리고 싶지는 않아."

싶지 않아.

싫어.

하고 싶음과 하고 싶지 않음이 난무하자 은결의 사고 회로는 그것의 진의를 파악하기 위해 바삐 움직인다. 아무리 방대한 지식을 저장하고 매순간 새로운 학습을 진행한들, 감정의 문제로 들어가기 시작하면 로봇의 미답지는 수면 아래 잠긴 빙하와 마찬가지임을 시호는 모르지 않는다. 발설되지 않은 의도를 은결이 미루어 짐작하기란 어렵다는 걸 너무나 잘 안다. 팔이 아프니 짐을 들어달라는 요청과는 차원이 다르며, 상대가 로봇 아닌 사람이었던들 의미의 확장에 익숙지 않은 자라면 마찬가지다. 그러나 사람이란 때로는 상대방을 향해, 자신조차 그 독법을 알지 못하는 행간을 읽어내달라는 부당한 호소를 거리낌 없이 하는 존재 아닌가.

"무슨 뜻인지 알지?"

바로 대답이 나오지 않자 시호는 으레 그런 법이려니, 어깨를 으쓱해 보이며 에코백을 멘다.

"무엇보다도 나는 꿈을 꿀 줄 아는 사람과 인생을 함께하고 싶어."

은결은 사람이 말하는 꿈에 크게 두 가지 다른 뜻이 있음을 안다. 그녀의 입에서 터지는 겹자음의 경음은 푸른 멍이 든 자리에 붙인 반창고 같다.

"잠들어 꿈을 꾸고 거기서 깨어날 줄 아는 사람, 꿈을 그리거나 그렸던 적 있는 사람과 살아갈 거야. 깨어난 뒤 남아 있는 것이 악몽뿐이라도 상관없고, 깨어져 형태를 잃은 꿈의 파편을 쓸어 담으면서 살아갈 뿐이라도 괜찮아. 거기에 뭉개고 뒹굴지만 않는다면, 손대지 않으면 적어도 베이지는 않을 테니까."

깨다.

깨다.

꿈에서 깨다. 꿈을 깨다.

꿈의 깸. 꿈의 깨어짐.

깨어나거나 깨어질 것을 전제로 하는 인간의 꿈은 어느 쪽 의미여도 그녀에게 무관한 것이다.

시호는 자리에서 일어서서 문을 나서기 전, 은결 앞으로 두어 걸음 다가와 선다. 침입자라도 들이닥친 듯 낯선 감각에 은결의 회로가 진동을 일으키는데 그건 실로 오랜만에 이렇게, 시선을 피하느라 고개 돌리지 않고 허리를 곧게 편 그녀와 얼굴을 마주한다고 지각해서일 터다. 처음 대상의 원리나 속성에 구애받지 않고 해맑게 오빠 오빠 부르면서 올려다보던 빛나는 눈빛은 이제 조금 위에서 그를 내려다보고 있다. 눈높이로 파악하자면 그녀의 신장은 백육십……팔……점…….

그는 이제 그녀의 키를, 목소리를, 외모를, 냄새를 객관적으로 계량할 수 없다.

가까이 다가와 무언가를 세심히 살피는 듯하던 시호의 얼굴에 붓 끝으로 찍은 듯한 미소가 번져나가는 건, 들여다본 은결의 눈동자가 시쳇말로 마음을 비추는 창 따위가 아닌 그저 정밀한 스캐너와 카메라의 조합 기기임을 재차 확인해서다.

"그래도 어쨌든 고마워."

은결은 자신이 그녀를 위해 무엇을 했는지, 어떤 일에 대해 감사받을 만한 것인지 특정할 수 없어서 연산이 뒤엉킨다. 준교를 데려와 더 큰 봉변에서 구해주어서. 비록 오래되었지만 잊었던 원피스를 가져다주어서. 아니면. 무엇보다 그녀가 누구랑 살고 싶다든지 꿈을 꾼다든지 같은 얘기를 왜 자신에게 들려주는지 전후 상황을 연결 짓지 못하므로 은결은 메모리 속 모든 압축파일이 풀려버리기라도 할 듯 연산에 순간 과부하가 걸린다.

"잘 있어."

시호의 입술이 은결의 얼굴을 가볍게 스치고 지나가며, 그와 함께 피부 표면에 촘촘히 분포된 신경망들이 전기 자극 신호를 받아 반응한다. 그 신호가 조합하여 전달하는 의미를 알고자, 은결은 시각부를 차단한다. 눈을 감으면 피부에 스며들지도 않고 그렇다고 떠나가지도 않는 이 촉각의 성분을 분석하고 정체를 특정할 수 있을 줄 알았는데, 감은 눈 속으로 끝없는 회로의 반응이 프랙털 구조처럼 펼쳐져 그를 에워싼다. 이건 더욱 좋지 않은 상황이다. 차라리 그녀가 지금 이 순간 어떤 표정을 짓고 있는지 보아두는 게 유익할 것이다. 그러나 눈을 떴을 때 시호의 모습은 이미 미닫이 너머로 사라진 지 오래, 감각 신호가 계속 울리고 있어서 그녀 입술이 떨어져나간 줄도 몰랐다. 은결은 아직도 정전기를 타는 듯 따끔거리는 뺨을 문지르며 중얼거린다.

"안녕히…… 가십시오."

1년에 한 번꼴로 이루어지던 대학병원 방문이 재작년부터는 6개월에 한 번꼴로 바뀌었다. 명정이 한때 습관 비슷이 들이기도 했던 가벼운 산책은 이미 노화 완료기에 가까워지는 신체에 극적인 변화를 가져다주지 않았고, 그나마 무릎이 시리거나 날이 궂으면 취소하기를 거듭하다 결국 나가는 일 자체에 열의가 사라졌는데, 그로선 최초의 목적이었던 로봇의 코에 신선한 바람을 쐬어주는 일도 이미 충족된 까닭에 더욱 그랬다. 은결은 주인의 요청이나 지시 없이 이미 오래전부터 혼자서 나다닐 줄 알게 되었으므로. 비록 유의미한 목적이 없는 움직임에 불과하더라도.

명정의 정기검진일에는 세탁소 문을 닫고 은결이 동행한다.

그가 옆에서 할 수 있는 일은 많지 않으며, 다만 심전도실-초음파실-방사선실-진료실까지 지정된 경로를 순례하는 동안 주인을 보조한다. 주인이 검사실과 화장실을 오갈 때 그가 언제라도 돌아와 앉을 수 있도록 대기의자를 맡아놓거나, 북적거리는 인파 한가운데서 지갑이며 진료기록부며 거추장스러운 외투를 들고 따라다니는 정도다. 3차 의료기관이고 중증 환자에 일반 외래환자가 섞여 병원 1층은 언제나 아비규환이다.

은결은 자리를 비운 주인의 코트와 클러치백을 옆자리에 내려놓고 검사 순서를 확인하기 위해 전광판을 올려다보는데, 문득 자신의 안색을 살피듯 머뭇거리는 한 여인과 눈이 마주친다. 30대 후반의 여인은 질끈 묶은 푸석한 머리카락에 뾰루지로 뒤덮인 얼굴로, 양 어깨에는 기저귀가 가득 담긴 에코백이며 백팩이 주렁주렁 매달렸고 양팔에는 패딩점퍼와 목도리 따위가 쌓였는데, 그 옆에서는 네댓 살 정도 된 아이들이 엄마 무릎에 제 얼굴을 치대며 칭얼거린다. 병원 내부 난방으로 인해 외기와 차이가 심해서 아이들 외투를 벗겼지만 엄마는 팔이 두 개뿐이니 자신의 점퍼는 벗지 못한 채 땀만 흘리고 섰다. 그녀는 은결에게 뭔가 말을 건네고 싶은 듯 입을 빼끔거리지만 은결은 사람이 입 밖으로 내지 않은 말까지 읽어낼 수는 없으니 그녀가 무언가 말하기를 가만히 기다리며, 현재 그녀가 처한 상황으로 볼 때 두 손이 모자라니 제 이마에 흐르는 땀을 닦아달라는 요청이 아닐까 막연히 짐작만 할 뿐인데, 그때 또 다른 생면부지의 중년 여인이 어이구어이구, 앓는 소리를 내며 명정의 옷을 집어다 은결의 무릎에 얹어놓곤 자기가 그 자리에 엉덩이를 붙인다. 그 바람에 바닥에 떨어져 뒹구는 클러치백을 집다가 은결은 문득 고개를 든다. 울 것 같은 애엄마의 얼굴에 당혹감과 체념이 동시에 스치고 지나간다. 은결은 비로소 한마디의 동의도 구하지 않은 채 제 옆자리를 치우고 앉아 딴전을 부리는 중년 여인을 돌아보고, 또 금방이라도 실신 직전인 애엄마의 다리에 매달린 아이들을 돌아보며, 마지막으로 빈자리 하나 없이 사람들로 빼곡한 로비를 둘러본다. 그러고 나서야 애엄마가 자신을 내려다보던 눈길에 어떤 호소가 담겨 있었는지를 알게 된 은결은 팔에 짐을 안고 일어선다. 그녀가 고개 꾸벅할 틈 없이 그녀 무릎에 치대던 아이들이 서로 먼저라며 의자에 다이빙을 한다.

대학병원은 규모가 크고 복잡하며 검사 종류에 따라서는 각기 다른 층으로 오르내려야 할 일이 많아 가장 효율적인 경로를 탐지하여 안내하는 게 좋다. 반대로 효율이 떨어지더라도 기상 상태나 주인의 신체 상태에 따라 에스컬레이터 또는 엘리베이터를 이용하기 위해 굳이 돌아가야 할 때도 있으며, 그때마다 주인이 지시를 바꿔 내리지 않더라도 알아서 판단 및 안내할 줄 알아야 한다. 은결은 의사가 아니며 의료 전용 로봇도 아니기에 주인을 치료할 수 없고 그런 고기능이 있다 한들 법률적 문제가 생긴다. 그러니 할 수 있는 거라곤 처방받은 약을 제때 용법에 맞게 복용하는지 체크하는 일. 균형 잡힌 식사와 운동 관리. 응급 상황에서의 간단한 처치. 응급에는 예외 없으므로 은결은 처음 몇 번인가 주인이 화장실로 이동할 때 동행하려 해보았지만, 그가 팔을 뿌리치며 아직 그 정도는 아니라고 일갈한 뒤로는 말없이 기다린다.

그래도 진료실에는 함께 들어간다. 일반적인 보호자가 하듯이 의사와 직접 접촉하지만 않으면 되는 것이다. 의사가 그를 정물이나 좀 큰 수하물 정도로 간주할 수 있도록. 명정이 몇 번을 메모한들 나중에 일일이 기억에서 불러내지 못하며 그것을 메모했다는 사실조차 잊어버릴 일상생활에서의 요령, 주의사항, 현재까지의 치료 상황과 앞으로의 전망 및 추후 일정 등을 입력하기에 은결의 존재만큼 편리한 도구는 없다. 처음 진료실에 함께 들어갔을 때 담당의는 이 진료실의 상황이나 오간 대화 등을 로봇이 모두 순간 녹화하여 블랙박스가 될 것을 우려하며 약간의 불쾌감을 감추지 않았으나, 자신의 진료 행위가 떳떳하고 합리적이며 딱히 수술 집도 현장이 아닌 이상 별 문제없다 싶었는지 요즘은 인사도 먼저 건넨다.

의사가 30분 전 방사선실에서 전송된 영상을 더블클릭하는 옆모습을 명정은 심드렁하게 바라본다. 한때 검사 간격이 1년에서 6개월로 밭아졌을 때 잠깐 긴장했을 뿐, 언제나와 마찬가지로 진료는 형식적일 것이다. 그동안 뭐 어디 불편한 데는 없으셨습니까, 로 시작하여 차트와 검사기록표와 각종 촬영실에서 전송된 영상 데이터를 살핀 다음 6개월 뒤 다시 한 번 봅시다로 마무리되는 것이다. 진료가 그렇게 끝난다는 건 환자에게 더할 나위 없는 행운이다. 반년 전에 비해 특별히 달라지지 않았고, 앞으로 악화할 가능성을 완전히 배제할 수는 없으니 반년 뒤 다시 만나자는 것이며, 설령 그전 검사 결과에 비해 조금 더 나빠진 데가 눈에 띄더라도, 다소의 질환 및 상태 변화로 인한 부담과 강제로 가슴을 열었을 때의 위험 가운데 단연 후자가 압도적이므로 당분간 전자를 선택하자는 논리다. 진료와 검사란 기본적으로 지연과 미정과 유예의 행위다. 소모되는 현재의 몸이 언제까지 버틸 수 있는지를 측정하는 용도이다. 그 한계를 넘어섰을 때 환자와 보호자는 바짝 긴장해야 하며, 메스로 몸을 연다는 건 실로 이것 아니면 다른 방법이 없을 때에만 이루어져야 한다…… 진료 과정의 상당 부분은 그 고마운 행운을 누리는 환자들을 이해시키는 일에 가깝다고, 의사는 7년 전쯤 허심탄회하게 털어놓은 적 있었다. 대학병원인 만큼 온갖 사람이 드나들고, 그

중 절반 이상은 말이 통하지 않는다고 했었다. —수술 받은 지가 벌써 10년이 다 되어가는데 왜 아직도 병원에 오라는 거예요? 대체 언제까지 똑같은 검사를 받으러 와야 하죠? 초음파 한 번 찍는 데 20만 원이나, 이거 찍고 아무 이상 없고 멀쩡하면 누가 책임지는 거예요? —아니 환자분, 이상 없으면 당연히 좋은 일이고 반가워해야죠, 이상 없으면 비싼 거 괜히 찍었다고 후회라도 하시게요? 이상 없음을 확인하는 데에도 비용이 드는 법이에요…… —이게 뭐, 그런 겁니까? 양말 구멍 수선하듯이 하고 꿰맨 자리 뜯어질지 모르니 수시로 들여다보고, 그래야 해요? —자, 환자분…… 사람의 몸은 일단 한번 열면 더 이상은 정상이 아니에요. 평생 관리해줘야 하는 겁니다…… —정상이 아니라니 그러면 완치가 안 되었다는 뜻이네요? 수술 제대로 된 게 맞아요? —재수술 얘기를 제가 안 꺼내는 걸 보면 수술이 잘되었단 생각이 안 드시나요. 우리가 그릇 깨진 거 붙여 쓴다고 마냥 안심되는 거 아니잖아요. 금 간 데 붙인 자리 수시로 들여다보고 관리해주지 않으면 나중에 물 뚝뚝 새고 다시 조각조각 깨져 나가야 알아채지요. —사람은 그릇이 아니잖아요. 세 시간 넘게 기다렸는데 이게 뭔가요, 지난번과 다를 바가 하나도 없다면 병원에 오든지 안 오든지 결과는 같다는 거잖아요, 그럼 다음엔 안 와도 되는 거네요? 이런 식의 실랑이가 오가는 데에는 이제 매뉴얼도 없이 자동 반사에 가깝게 대처할 수 있을 정도인데 요즘 사람들은 그나마 상당한 오류가 있는 지식일지언정 인터넷 검색이라도 해보고 오니 검사의 필요성을 매번 낱낱이 소명할 일은 예전에 비해 줄어든 편이라며 의사는 푸념 섞인 웃음을 지었었고, 그것은 어느 날부턴가 문득 로봇 손자를 대동하고 나타난 명정에게 고작 병원에 올지 안 올지를 두고 소모적인 논쟁을 하지 말자는 선방을 날리는 목적에 가까웠다.

마우스를 클릭하던 의사의 손길이 점점 늦어지고 눈동자가 흔들리는 것을 은결은 알아차린다. 사소한 행동 하나하나가 인간이 오랜 세월 쌓아온 체질이다. 투철한 직업정신이나 사회적 위신 같은 여과지로도 걸러내지 못하는 불수의근의 움직임 같은 것이, 저마다의 표정과 몸짓에 존재한다. 문화와 인종을 넘어 사뭇 보편적인 몇몇 동작들이 있다. 자신이 무언가 잘못 보거나 착각한 게 아닌지 공연히 안경을 벗곤 한쪽 눈을 비빈다. 상대방에게 이 소식을 어디부터 어떻게 전하면 가장 좋을지를 궁리하며 턱을 만지작거린다. 그리고 가벼운 한숨. 책상을 두드리는 손가락의 리듬. 꿈틀거리는 목울대. 은결은 그 모습을 천천히 관찰하고 갈무리한다. 그것을 흉내 내고 익힌다 한들 자신이 인간의 몸짓과 비슷해질 리 없다는 사실을 인식하면서.

그리고 의사는 이윽고 명정을 향해 돌아앉는다.

봐라, 네 안에는 물리학과 생물학뿐만 아니라 화학 천문학까지 들어 있지. 너는 지금까지 사람이 밝혀낸 한도 내에서 우주의 역사를 모두 알고 있을 거다. 우주의 나이가 137억 년을 조금 넘나 그렇다지. 그 우주 안의 콩알만 한 지구도 태어난 지 45억 년이나 되고. 그에 비하면 사람의 인생은 고작 푸른 세제 한 스푼이 물에 녹는 시간에 불과하단다. 그러니 자신이 이 세상에 어떻게 스며들 것인지를 신중하게 결정하고 나면 이미 녹아 없어져 있지.

통돌이 세탁기 뚜껑을 열고 그 안에서 부드럽게 퍼져나가는 가루세제의 궤적을 내려다보며 명정은 그렇게 말한다. 고객의 옷은 섬유의 종류에 따라 어떤 약을 오염 부위에 몇 번째로 발라서 물에 몇 분이나 담갔다 빼야 하는지 철저하게 원칙과 순서를 따르는 명정이지만, 자기 집 빨래는 25년 된 통돌이에 던져 넣고 대충 돌린 지 오래다. 혼자 살림에 빨래가 많이 나올 일 없으니 색깔 무관 종류 무관, 새 옷이나 원색 의류가 없으니 이염의 염려도 없고 드라이클리닝이 필요한 옷이라곤 아예 입지 않으니 그저 막 입는 옷들에다 수건, 속옷, 은결의 옷도 함께 넣고 돌린다. 세탁기 내부 상단의 서랍식 세제 분사함은 그나마 이 세탁기에서 원시적 수준의 인공지능에 해당하지만 서랍 받침 고리가 삭아 떨어진 지 오래여서, 온냉수 공급 도중 세제 한 스푼을 세탁물 위에 대충 뿌리는 걸로 해결한다.

걱정할 것 없다, 당연한 거라며 명정은 이른다. 잎사귀가 으레 말라 비틀어져 나뭇가지 끝에서 떨어져 내리듯, 살아 있는 모든 것은 언젠가는 부서지기 마련이라 말한다. 흙으로 돌아가는 게 마땅하다 한다. 다만 세상에는 너무 일찍 예정에도 없이 흩어지고 소멸하는 것들이 있는데 그의 아들도 그중 하나이며 심지어는 어디 있는지조차 몰라서 흙으로 돌아갈 기회도 영영 얻지 못했다 말한다. 그전까지 그의 걱정은 자신이 흙으로 돌아가고 아들은 빛도 들지 않는 심해 어딘가에 가라앉았을 테니 죽어 만날 수나 있을지 모르겠다는 것이었다. 고대부터 현재까지 이어지는 답 없는 논쟁에 따르면 인간의 영혼이 몸을 떠나는 순간 그

영혼이 겪을 기쁨과 슬픔 고통 따위를 감각하거나 인식할 신체 기관이 더 이상 존재하지 않으므로, 설령 아들을 만난다 한들 만난 사실을 알거나 기억할 수 없을 테고 만나지 못하더라도 아쉬움이나 원망을 느끼지 못할 테며, 애당초 영혼이 존재한다는 것도 사람들의 믿음일 뿐 과학적 논리로 그 실체를 증명한 자는 없으니, 은결은 만나고 못 만나고가 그리 중요하지는 않은 걸로 판단된다고 말해주려다 입을 다문다. 인간이 자신의 비합리적인 믿음이나 가치관을 고수하는 것은 때로 그 자신의 수명을 연장시키는 효과를 불러온다는, 역시 상관관계가 증명되지 않았으나 적지 않은 사례가 발견되며 은결의 의무는 예순 후반에 이른 주인의 현 신체 상태로 소화할 수 있는 발언을 들려주는 것이다. 인간이 가장 흔히 사용하고 선호하는 반응은 적당한 맞장구다. 그렇군요. 그렇습니까. 그럴지도 모르겠네요. 이때 대체 무엇이 '그렇다'거나 '그럴지도'인지 지시의 범위를 제한해서는 안 된다. 그럴지도 모르겠는 것의 범위가 넓고 모호할수록 그럴 수도 있는 것의 출현 가능성이 높아지며 듣는 사람을 안심시킨다.

이제 명정은 아들과의 조우 외에 두 번째 염려가 생겼는데 그건 앞으로 은결을 누구에게 의탁하느냐 하는 문제다. 마이너스 통장과 기타 빚을 청산하고 남는 얼마 되지 않는 재산은 누군가에게 어떤 방식으로든 증여나 환원이 가능할 테고 은결도 엄밀히 사물이므로 믿을 만한 사람에게 재산의 일부로 넘긴들 누가 뭐라 하지 않겠지만, 명정은 살아 있는 아들을 재물처럼 넘기는 듯한 느낌에서 헤어나지 못할 것이다. 모든 증여와 이양은 가능한 한 사리 분별 명확하고 몸이 온전할 때 이루어져야겠는데, 은결이 눈에 밟혀 명정은 신속한 조치를 취할 수 없다. 사람은 제가 귀애하며 키우던 애틋한 반려동물을 사정상 타인의 집에 분양하기도 한다. 무책임하거나 악한 마음을 먹고 유기하지 않는 게 어디냐…….

그러나 은결은 반려동물과는 또 좀 다르다. 마음도 체온도 나누지 않는다는 점에서는 강아지나 고양이만도 못한 건조한 관계라고까지 할 수 있으며 실상 소유나 집착이라는 일방적 갈망의 관계를 제외하고 인간과 무생물과의 유대 관계가 존재한다고 보기에도 상식적으로 어려운데, 은결의 유다름이 어디서 오는 것인지 명정은 알 수 없다. 로봇과 한집에 살아본 적 없는 이의 눈에는 그저 재물에 대한 과욕으로밖에 보이지 않을 것이다. 죽을 때 돈 싸서 짊어지고 가나, 이 세상에 다 뿌리고 주머니 비워서 가지― 그 정도 핀잔을 줄 일에 불과할 것이다.

이 세상에 뿌려야 한다고.

지금껏 이 고가의 로봇을 개인이 소유하고 있었다는 사실 자체가 주제넘은 일이기도 했다. 오랫동안 편하게 잘 데리고 있으면서 도움받았으니, 이제라도 과학대 연구실에 기증하는 게 도리일지도.

그러나 누가 옆에서 지키고 섰지 않는 이상 은결이 무연고 시신처럼 해부당하지 않을까 하는 불안. 모든 부속과 부품을 따로 떼어내어 주물럭거리다 고장 내지 말란 법 있나. 만일 기증한다면 그전까지의 모든 메모리를 삭제하고 초기화한 뒤 재설정에 들어가겠지. 동물은 제 성향에 따라 새로운 주인에게 적응하는 시일이 저마다 다르지만, 로봇에게는 초기화라는 편리한 기능이 있으니. 기존의 설정 정보를 폐기하지 않겠다는 동의서라도 받아야 하나. 그럴 권리가 어디 있으며 그게 지켜질 리 있나. 이 아이는 어떤 방식으로 이용될 것인가. 은결이라는 이름도 지워진 뒤에. 알파벳과 숫자를 조합한, 무생물에 어울리는 새 이름을 얻고.

정부에 헌납해서 어린이를 위한 공공사업이나 봉사활동, 민원 사무를 돌보는 용도로 활용할 수도 있겠다. 그러나 관련 법령이나 관리 규정이 없는 상태에서 로봇의 반짝 활약과 그에 대한 관심이 얼마나 오래갈지 의문이다. 곧 누구의 소용에도 닿지 않은 채 힘든 일 더러운 일 무거운 일, 잡일이나 좀 맡아 하다가 어느 날부터 한쪽 구석에 가만히 방치되는 장면이 그려진다. 사용되지 않는 로봇에게 남은 결말이란 부품 사이사이에 녹이 슬고

작동이 멎는 것뿐이다. 먼지가 쌓인 채 움직이지도 않는 로봇이 갈 곳이란 고철 수집상이나 폐차장이겠지.

몇 군데 찍어놓고 문의 넣어서 시설이나 환경을 비교 분석한 다음 어디 로봇 박물관에라도 보내볼까. 아무래도 그곳이 은결에게 제일 어울리는 자리겠다 싶어 박물관 후기를 검색해보니, 학부모들이 방학을 맞이하여 체험학습 나갔던 기록과 사진을 올린 블로그가 제법 나온다. 대부분은 아이들이 직접 작동해보는 걸 재미있어하는 한편 원격조종으로 움직이는 미니 로봇들의 무대 위 군무에 마음을 빼앗겼다는 긍정적인 후기지만, 내부 관리 시설이 부실하다거나, 안내요원으로는 전문가 아닌 중고등학생들이 봉사점수를 맞추려고 나왔을 뿐이라 아는 게 많지 않다거나, 그중 몇몇 구역은 로봇이 작동되지 않고 방치 수준으로 운영되어서 아이들이 실망했다는 얘기도 적지 않게 눈에 띄며, 후기를 대충만 훑어봐도 그중 상당수는 로봇을 전문적으로 다루는 과학관이 아니라 어린이 고객을 유치하기 위한 애니메이션 캐릭터 중심의 놀이터에 가깝다.

명정은 인터넷 창을 닫는다. 도무지 믿고 맡길 데가 없다. 그러나 은결이 이곳에 머물면서 그동안 한 일도 대부분 잡일이며 그것들은 전혀 전문적이지도 공학적이지도 않다. 사람이 그러하듯 싫어도 누군가는 꼭 해야만 하는 단순노동을 했고, 그런 종류의 일을 더 이어서 하다가 어느 날 영원히 작동이 멈추거나 처분된다 한들 그때 자신은 이미 이 세상에 없을 테니 은결의 운명에 죄책감을 느낄 필요가 없으며, 애당초 세상의 어지간한 물건들이란 그런 임무에 쓰이다가 수명이 다하면서 버려진 다음 그 부속이 용해와 가공을 거쳐 재활용되라고 만들어진 것들이다. 머리로는 이렇듯 입장이 명쾌하게 정리된다.

—시한부라고 딱 잘라 말씀드리긴 좀, 당장 내일모레 뒷목 잡고 쓰러진다, 그거 아니고요, 항상 가만가만 조심하시면 됩니다…… 아니, 그렇다고 전혀 문제없다, 그건 또 아니라. 지금 당장 손볼 수 있는 문제가 아니고, 이제 와서 재수술을 버텨낼 수 있느냐 하면…… 지금은 위험이 딱 반반이라서 제가 적극 권유를 못 드리는 거고, 이 경우는 가족과 의논을 하시는 게…….

당장 내일모레 어찌 되는 게 아니라는 의사의 말뜻은, 반대로 예기치 못한 경우가 내일 생길 수도 있음과 다르지 않을 것이다. 명정은 차일피일 미루던 모든 문제들이 달그락거리며 제 몸을 흔드는 소리에 귀를 기울여야 한다고 느낀다. 예후가 어떤지를 떠나 이미 오래전부터 준비했어야 한다. 사람들은 자신이 영원히 살 수 없다는 걸 알면서, 아무리 철저히 갖춰도 언제나 모자라게 마련인 준비를 그나마도 안 한다. 아니 못 한다. 자신이 언제 어디서 어떻게든 되더라도 이상하지 않다고 마음으로는 준비가 된 척하나 그 준비된 마음을 실제적인 의례와 물질로 환산할 수 있는 경우는 많지 않다. 시간적 재정적으로 유여한 중산층 이상의 이들이나 유언장 같은 걸 작성하고 재산 분배를 지시하며 변호인의 공증을 받을까, 웬만한 장년층은 그날 하루도 다른 날과 마찬가지로 온 힘을 다해 살아낼 수밖에 없으며 오늘도 이렇게 지나가리라고 믿어 의심치 않는 상태에서 마지막을 맞을 것이다. 적어도 명정의 몇 안 되는 친구들은 자신의 삶 마지막의 모습에 별도의 주석을 달지 못했었다. 택배 상하차 작업 도중 레일 옆에 쓰러져 그대로 깨어나지 못한 친구는 그때 40대 초반에 불과했었을 것이다. 명정과 비슷한 시기에 은퇴했던 회사 동료는 퀵서비스로 서류 배달을 하다가 빙판길에 미끄러지면서 떠났고 당시 명정보다 네 살 아래였다. 한편 재작년이었던가, 비좁고 연기로 자욱한데다 기름때로 끈적거리는 통닭집 조리실 바닥에서 발견된 친구는 이튿날 손주 돌잔치를 앞두고 있었더랬지. 요양원에서 반년을 사그라지지 않고 버텼으니 상대적으론 시간 여유가 있었으나 정작 본인은 코와 입에 호스를 꽂은 채 내내 의식이 없어서 자식들의 아귀다툼만 난무했던 그 친구는 이름도 생김새도 가물거린다. 그리하여 한 사람의 삶이 아무런 부연 없이 꺼진 뒤 그의 시신과 각종 절차와 돈과 법률 등 골치 아픈 문제들은 남겨진 이들의 책무가 되어 그들을 괴롭히고 그것은 고인과 연루된 모든 이들에 대한 증오를 유발하거나 최소한 불편을 준다.

명정은 누구에게도 그런 거추장스러운 존재가 되고 싶지 않다. 남겨진 이들이라고 부를 만한 존재가 이제는 없지만 한 사람이 이 세상에서 사라지면 살아 있는 누군가는, 사무 행정 절차에 불과하더라도 그의 시신을 거두고 처리해야 한다. 게다가 은결은 남겨지는 이가 아닌 동시에 철저히 남겨지는 이다.

간헐적이던 가슴 통증이 문득 팽창하며 명정의 갈비뼈를 두드린다. 통증의 파편들이 몸속으로 부드럽게 퍼져나가면서 자신의 존재에 익숙해지기를 요구한다. 이제 와 하나 마나 한 생각이지만 처음부터 이름을 붙여선 안 되는 거였다. 그 이름은 언제까지고 펼칠 일이 없는 종이 속에 접어두었어야 하는 것인지도 모른다. 그는 이름을 붙여준 것을 떠나보내는 방법에 아직도 익숙지 않다.

눈을 떠보니 아침 6시 40분이다. 어떻게 이 시간까지 눈을 감고 취침 모드에 들어 있으면서도 이상 신호가 발생하지 않았는지 알 수 없으나, 평소보다 깨어나는 시간이 무려 1시간 40분가량 늦었다고 해서 은결은 움찔거리지 않는다. 과열된 토스터에서 타버린 식빵처럼 튀어 오르지 않고 심상한 몸짓으로 스툴에서 일어난다. 로봇은 정해진 시간과 작업의 상궤를 벗어난다는 것에 대해 초조를 비롯한 별다른 느낌을 가질 수 없다. 원래대로라면 사람이 한번 설정한 이상 지각이라는 걸 모르는 기계이므로, 정작 지각을 했을 때 사람과 사건과 환경에 어떤 영향을 끼치는지를 이론과 개념으로만 안다.

무엇보다도 로봇은 놀라움을 모른다. 놀라워하거나 염려하는 것은 사람뿐이다. 내장 시계가 느려지고 있다는 것, 고장 났을지도 모른다는 것. 그 외에 관절의 움직임이 예전과 달리 섬세함이 덜하다는 것. 기상청에서는 가뭄을 염려할 만큼 맑고 따가운 날이 한동안 이어지는데도 충전에 조금 더 오랜 시간이 걸린다는 것. 이 모든 변화와 증상들은 한데 모여 분명 어떤 표지가 된다.

은결이 눈 감은 동안 명정은 6시 10분을 가리키는 벽시계를 한 번 보곤 그를 흔들어 깨우지 않고 그저 말끄러미 내려다보았었다. 그런 다음 발끝으로 부엌을 돌아다니고, 패킹이 닳아 물방울이 떨어지는 개수대 수도꼭지를 힘주어 잠그고, 생수통을 꺼내며 냉장고 문을 살며시 여닫았다. 그리고 은결이 일어난 뒤엔 역시 무슨 일이 있었느냐는 듯 인사를 건네기도 했다. 손을 올려 가볍게 흔들어 보이는 것만으로도 일종의 당혹스러운 감정을 무사히 떨쳐낼 수 있다는 듯이.

그동안 은결을 소극적으로 활용하느라 일상생활에 불편이 없어서 잊었던 사실이지만, 매뉴얼에 따르면 이 a1318b 기종은 최소 1년에 1회, 길면 3년에 1회꼴로 메인터넌스가 권장된다. 은결은 그 어떤 보수 유지 관리도 되지 않은 채 9년째 명정의 곁에 머무르고 있다. 단순한 구조의 가습기나 정수기도 주기적으로 필터를 청소하거나 교체해야 오래 쓰는데 이 초정밀 고성능 로봇은, 말이 9년이지 겉보기와 달리 내부 상태는 위험 수준에 이르렀을지 모른다.

일단 제조회사가 존재하지 않으니 각종 AS 업무는 기존 회사를 매각한 타 기업에서 관리할 테며—회사가 매각이나 잘되어서 사업 승계가 이루어졌다면 다행이고 그도 아니면 아예 공중분해되었을지 누가 아나—그나마도 중요도가 높은 산업 및 의료 기계에 국한해서 진행될 것이다. 일반 가정에 팔린 로봇은 기존 판매 현황을 조사한 뒤 원하는 고객에 한해 주기적 메인터넌스가 시행될 텐데, 판매 수치가 유의미할 정도가 아니었다면 흐지부지될 것이다. 하루가 멀다 하고 급변하며 새로운 볼거리와 즐길 거리가 강같이 흐르는 이 세계에서, 그 옛날에 구입한 아기나 청년 모델을 지금껏 보유하며 잘 사용하고 있는 가정은 또 얼마나 된단 말인가, 하물며 땡전 한 푼 수익을 내지 못한 폐기 샘플에 불과한 a1318b는.

다 떠나서 아직까지 활발히 팔리는 불후의 명작 모델이라 한들, 외국어에 어둡고 문명의 이기에도 약한 개인이 해당 업체와 연락이 닿아 이 녀석을 바다 건너로 떠나보낼 수단이 있을 리가.

명정은 그동안 자신의 사후에 은결을 어떻게 양도하거나 처리하는 게 인간으로서 바람직하며 곁을 지켜온 기계에 대한 최소한의 예의일지 고민했을 뿐, 인간의 세포가 닳음과 마찬가지로 기계도 영원하지 않다는 걸 잊고 있었다. 근검이 몸에 익은 그 세대 사람들답게 어떤 가전이든 웬만큼 고장 난 것은 몇 번이고 수리를 통해 마지막 한 방울의 기름까지 짜내어 평균 25년을 썼고, 시난고난 앓는 소리를 내면서도 그것들이 어떻게든 제 기능을 다하는 데 익숙했다. 기계가 고장 나는 것은 죽음이 아닌 일종의 연마 과정으로 간주했었다. 그러면서 자꾸만 복잡한 기능을 갖춘 새로운 모델들이 세상에 쏟아져 나오는 바람에 기존 물건에는 새로운 부품이 호환되지 않아 더 이상 수리할 수 없어지자 기업들의 천박한 장삿속이라 불평했고, 신제품은 달라진 방식에 다양하고 섬세한 기능을 보유한 대신 못쓰게 되기까지의 기간도 짧다며 투덜거렸다. 30년 된 단순 기계식 카세트레코더는 잡음이 심하지만 최소한 아직까지 소리는 났는데, 17년 전 마트 쿠폰 당첨으로 받은 시디플레이어는 몇 번 듣지도 않고 가만 놔둔 시간이 더 많은데 액정도 나갔을 뿐더러 작동 자체가 되지 않았다.

그토록 사소한 일상을 통해 익히 경험해왔으면서, 고성능 컴퓨터가 탑재된 로봇이 언제까지나 곁에서 삶을 지탱해주리라는 착각을 한때나마 하다니. 시간의 칼날이 평등하게 그 목덜미를 향한다는 생각을 어째서 한 번도 해보지 않았을까. 명정은 착각에 잠겨 있던 동안은 자신이 얼마나 아늑하고 평화로웠는지를 기억한다. 이제 비로소 의사가 건넨 조심스러운 말과 거의 비슷한 때 닥쳐온 명백한 현실이 그의 내장을 쥐고 흔든다.

미닫이문에 '그동안의 성원에 감사드립니다'로 시작하는 A4 크기의 공고문이 붙었다. 영업 종료 일시로는 지금으로부터 6개월 뒤의 날짜가 적혔고, 그 이후로는 불편하시더라도 인근 타 세탁소를 이용해주시면 감사드린다는 안내와, 기존 세탁물을 찾아가지 않으신 고객님께서는 하루속히 찾아가시길 바란다는 당부, 영업 종료일로부터 6개월이 더 경과했을 시에는 방치된 의류를 임의로 처분한다는 고지, 부재시 필요할 때는 아래의 번호로 연락 달라는 내용이다.

합하면 1년, 그 정도면 각자의 옷을 찾아가기 충분한 시간이며 그러고도 남는 옷이 있다면 그 옷의 주인은 더 이상 이 세상에 존재하지 않거나 최소한 이곳에 살지 않는다는 뜻이겠지만 틈나는 대로 고객에게 전화는 부지런히 돌려볼 예정이다. 공고문 옆에는 건물주가 매몰차게 갖다 붙인 '임대' 두 글자가 적혀 있으나 앞으로 어떻게 뒤집히고 파헤쳐질지 모를 이 적요한 골목길 상가에 그만한 보증금을 주고 들어올 상인이 있을지는 의문이다.

그 공고문 앞에서 세주가 아이 손을 잡고 서성이다가, 배달을 마치고 들어오던 은결과 마주친다. 세주가 어색하게 눈인사만 건네자 은결은 허리를 숙인다. 그녀는 은결과 마지막으로 대화라고 나눈 게 치워, 거절하는 한마디였고 이제 와 말을 섞기엔 새삼스러운 사이다.

그녀의 전남편이 원룸에 찾아와 난동을 부리고 간 뒤 그들 모녀는 각각의 우울에 골몰하여 서로를 돌보지 않았고 골목 다른 사람들과 인사 한마디 주고받기도 꺼렸었다. 세주 모친은 딸이 손녀를 안고 돌아온 뒤로 전 사위까지 와서 행패를 놓자 동네 보기 창피하다며 딸을 비난했고, 딸은 자신의 불운보다 남들 눈을 불행으로 여기는 모친을 원망했으니, 삼대 간 골은 이미 깊어져 어떤 기교와 장식으로도 그 자리를 메울 수 없을 터였다. 그러나 병원 치료를 받으면서 세주는 비록 약으로 버티는 것으로 보이나 얼굴이 예전보다는 덜 어둡고, 옆에 데리고 선 아이도 웃음의 자국을 엿보기 어려우나 피부며 입성은 비교적 깔끔하다. 아이의 차가운 분위기와 태도는 일찍이 세상의 명암을 구분할 줄 알게 되어 필요에 따라 펼치거나 옹송그리기를 반복한 듯, 어깨선과 자세가 썩 바르지 않다. 아무 곳에든 스치기만 하면 긁혀 보풀이 일거나 올이 나갈, 연약하고 까다로운 레이온 니트 같은 아이다.

처음 이 동네로 왔을 땐 한 줌도 안 되어 보이던 포대기 속 아기가 자라나 걸어 다니는 모습을 내려다보다가 은결은 아이 앞에 마주 앉는데, 세주는 그것이 은결 자신에게 영원히 존재하지 않았던 시절에 대한 호기심이나 경외 비슷한 무엇인지도 모르겠다는 느낌이 든다.

"네 살이야. 어린이집에서 돌아오는 길이고. 잠깐 이걸 보고 있었어."

세주가 유리문을 가리키자 은결은 고개를 끄덕인다.

"그렇게 됐습니다."

"아저씨 많이 편찮으셔? 하긴 이제 그 연세가…… 일하실 때를 훨씬 넘기시긴 했지."

"예, 가게 접고 나서도 당분간 최소한으로 지내실 만은 합니다. 안에 들어가시면 반가워하실 텐데요."

"아니, 지금 맡길 옷 없는데 뭐하러. 그냥 네가 안부 전해드려."

"알았습니다."

빈틈없고 간결한 대답이 이어지지만 은결의 시선은 줄곧 제 딸에게 닿아 있음을 세주는 알아챈다. 세주는 가끔 딸의 얼굴을 들여다볼 때, 처음 한 팔에 들어왔던 아이의 육체적 성장에 순수한 경이를 느낀다. 아이의 표정에 가끔 걸렸다 사라지곤 하는 안개를 더 이상 모른 척할 수 없어서 정신과를 제 발로 찾아간 일을, 이제는 후회하지 않는다. 치료 받기 시작할 무렵, 정신병원이란 미친 사람이나 알코올중독자들만 가는 곳이라 알던 고루한 장년층인 모친은 그놈의 병원 안 가면 안 되냐고 설득했다가, 세주의 의지가 확고한 것을 보고 어디 가서 딸년 미쳤다는 수군거림을 듣기 싫으니 남들 눈에 띄지 않게 다니라고 쫓아다니며 노래를 불렀었다. 사지 멀쩡하여 일할 수 있는 누구나 마음이 조금만 기울어져도 그대로 넘어져 부서질 수 있다는 가능성을 인정하려 들지 않고 그저 의지박약의 일종으로 치부했으며, 자신이 홀몸으로 딸을 억척같이 키워낸 과업을 수시로 내세우는 한편, 과거의 자신과 달리 지금의 딸은 직무태만에 모성 부족이며 등 따시고 배가 불러서 우울증 따위가 드나드는 것이니, 우울증이란 그저 병원과 의사가 돈벌이를 위해 만들어낸 허상의 질병 이름으로서 거기 놀아나는 딸이 한심하다는 말로 더 큰 갈등의 요인을 만들곤 했다. 그럼에도 세주는 그 모든 모욕을 견디고 병원행을 선택함으로써 모친의 말을 무시하고 있음을 드러냈고, 그제야 비로소 온몸의 땀구멍이 열리며 시원해졌었다. 자신도 아이도 포기할 뻔했던 때 비하면 지금은 엉덩이 붙이는 곳마다 공단 같고 소파 같다. 이제 여기에 전남편의 칼 같은 입금까지 완성되면 더할 나위 없을 것이다.

그런데 지금 눈앞에는 그야말로 우울이 뭔지 모를, 아이도 어른도 아니며 영원히 어른도 아이도 아닌 어느 순간의 모습에 뿌리내린 로봇이, 그녀의 어린 딸 앞에 한쪽 무릎을 꿇고 눈을 맞추고 있다. 살아 있는 주인과의 완전한 이별을 언젠가는 앞두어야만 하는 아이가, 태어난 뒤 한 번도 경험해보지 못한 시간의 일부를 응시하고 있는 것이다.

세주는 뚱하게 서 있는 딸의 등을 두드린다.

"자, 오빠야랑 악수. 인사. 예쁘게."

그러나 세주 딸은 도리질하다 뒷걸음질한다. 민망해진 세주는 자기가 대신 은결의 손을 잡아 일으킨다. 은결은 문득 시호를 처음 만났을 때와 마찬가지로, 세주의 딸에게 있어서도 '오빠'는 나중에 '너'가 되리라 생각이 든다.

"그동안 너도 수고 많았다."

주인이 세상을 떠난다면 최악의 경우 이 로봇의 거취가 고철

상이 될지 모른다는 가능성을 벌써부터 떠올리지 않으려 하면서, 세주는 추후 계획과 예정을 묻지 않고 은결의 손을 잡아 흔든다. 무언가 묻거나 말하기 시작하면 그에게 관여하겠다는 것이다. 그를 온몸으로 책임질 수 없다면, 그의 짐을 나눠 지지 못할 것 같으면 그에 대해 궁금해해서는 안 된다. 그건 어림 반 푼어치 얄팍한 호기심에 지나지 않는다. 한 존재 한 생명을 전적으로 책임지면서 그녀가 가장 먼저 알게 된 삶의 자세가 그것이다.

"예, 감사합니다."

처음 보았을 때부터 변하지 않는 아이와, 세주는 비로소 악수를 나눈다. 각종 전기 신호가 상시 흐르는 피부를 통해 최적의 체온과 촉감이 전해진다.

휴가 나온 준교는 세탁소에 들러 그간 있었던 대강의 사정을 듣는다. 그는 군 복무 기간에 대강 마음을 결정해서 앞으로 대학원에 진학할 계획이다. 아무 회사든 닥치는 대로 들어가서 어머니를 부양해야 한다는 의무감을 내려놓고 이기적인 자식이 되기로 했으며 어머니도 그 뜻을 존중해주었고, 그는 나중에 연구직으로 남을 뜻도 있다.

물론 자신은 아직 휴학 중인 학부생이고 아무런 힘도 없으며 과 내에서 눈에 띄거나 인정받는 학생이라고 보기 어렵지만, 은결의 존재는 지금 환경에선 누군가 한 개인이 이양을 받기에는 부담스러운 존재라는 점에 동의하고, 인간의 유한한 수명으로 인해 끊임없이 주인이 바뀌는 것 또한 로봇에게 피치 못할 운명이긴 하나 현 단계에서는 그리 긍정적인 경험이 아니라고 말한다. 따라서 그가 복학하고 난 뒤엔 대학교의 지정 연구실에서 어떤 형태로든 은결이 계속 활용되고 보수 및 개선 작업이 이루어지도록 선배들과 교수진에 적극 호소해보겠다는 약속, 기증 시에는 양도 각서 공증을 받는 건 물론 미디어에 널리 홍보하여 대중의 관심과 정부의 지원이 시들해지지 않도록 최선을 다하겠다는 열성, 사유재산에서 공공의 발전 목적으로 넘어가는 은결의 존재는 연구사 내지 기술사의 중요한 한 페이지를 차지하리라는 전망, 다만 연구용으로 전환할 때 기존 메모리 정보를 그대로 유지할 수 있을지는 많은 의논이 필요할 것이며 거기까지는 장담하기 어렵다는 토로가 이어진다. 은결에게 내장된 기존의 인식 정보는 가정용 로봇이 장착한 인공지능의 발전 한계를 가늠하는 예시로 슈퍼컴퓨터에 고스란히 옮겨질 테지만, 그 후 본체는 초기화할 가능성을 배제할 수 없다는 것이다.

"아무래도 용도 변경도 해야 하고 여러 가지 편의나 필요성 위주로 결정되는 거라서요."

"그렇지…… 다시 태어나야만 하겠지. 그 문제에 관한 한 서운해하지 않으려고 노력 중이다. 양도하면서 이미 내가 주인이 아니게 되는 건데 무슨 권리를 주장하겠니."

"아저씨 혼자 마음 비우신다고 그만일 것 같지는 않은데요, 그 문제도 저는 제일 걸려요. 초기화한다 치면 지식 정보는 그대로지만, 처음 깨어나고서 쭉 만났던 나나 아저씨나 시호 세주 누나 모두 잊겠죠. 나야 다시 만나서 새로 자기소개를 한다 치고, 저 녀석이 아저씨를 좋아하고 따랐던 감정은, 아니 감정이라니까 좀 그렇다, 좋아하고 따랐던 기억은 그럼 어디로 갈까요."

준교는 모호한 것들을 모호하게 말하는 것을 즐기지 않는다. 그의 세계는 명료한 산술과 그 결과 안에서만 존재한다. 그럼에도 은결에 한해서는, 지나치게 오래도록 알아온 부작용이겠지만, 한번 응시하는 것만으로도 전방 시각 카메라 너머 출렁이는 감정의 파고를 측정할 수 있을 것만 같은 착각이 드는 것이다.

"그걸 네가 더 잘 알지 내가 아나. 그대로 사라지는 거 아니냐? 하드 포맷하면 텅텅 비잖아."

"이론적으론 사라지는 게 맞긴 한데."

"아니 그전에, 누군가를 좋아하고 따른다는 건 지식이나 기억과는 다른 반응 아니냐. 그런 게 정말 저 녀석에게 있다고 확신할 수 있나? 내가 일단 주인이니 내 말을 듣기는 하지만 그건 일정한 조작과 프로그래밍의 결과가 아닌가."

"저는 또 좀 생각이 다른데, 우리가 감정이라고 믿는 건 실은 지식의 일부가 아닐까요. 그보다 확신하려면 논리적 증거가 필요해서 그건 좀 힘들지만, 옛날에 믿거나 말거나 같은 프로그램에서 본 적 있어요. 해외 토픽 같은 거였는데 아무 가정에서나 다 쓰는, 단무지 기능밖에 없는 청소 로봇이 제 스스로 인덕션 레인지에 올라가 전소된 사건인데요, 비공식적인 로봇 자살 사건에 해당하죠."

로봇이 자살이라니, 명정은 할리우드 액션 영화에서 끓는 용광로에 스스로 뛰어들며 엄지를 척 들어 보인 병기 정도밖에 떠오르지 않는다.

"늙은이 놀리면 못쓴다."

명정이 일침을 놓자 준교는 손사래 친다.

"아니 진짜 인터넷에 쳐보면 나오는데. 물론 그냥 웃자고 드린 얘기예요. 어쨌거나 완전히 믿기는 어렵죠, 전원을 끄고 나갔다는 가족의 진술을 증명할 방법도 없고, 바닥에 흘린 시리얼이 너무 많아서 지쳐 자살했나 보다고 소방관이 말을 툭 던졌을 뿐인데다, 요즘은 '좋아요' 버튼 한 번 클릭 받자고 별 짓 다 하는 종자들이 워낙 많으니, 자기들이 짜고 로봇을 태워먹고 쇼를 했는지 누가 알겠어요. 그런 의도가 없었더라도 제 생각에는 그냥 전산상 오류였을 거예요. 인간에게 감정이 있다는 것도 저는 지식의 일부로 생각하고 있을뿐더러, 그에 동의하지 않는 사람들 입장에서 보더라도 로봇의 감정은 지식의 변형태가 아닐까요.

로봇이 화가 났거나 슬프다는 거 모두 입력된 정보 그 자체이거나 또는 거기서 살짝 에러난 전산상 오류의 일종인데, 다만 그게 저 녀석이어서 좀 특별해 보이는 거죠. 시리얼을 흡입하는 청소기도 아닌 저만한 고성능이라면, 게다가 사람을 흉내 내면서 살아왔는데 사람의 감정을 닮은 것처럼 보일 수밖에요."

이해 불가능한 방식으로 세상에 존재하는 것들이 있다. 구전을 통해 허황되게 부풀려지는 것들. 존재의 진실성 여부가 그것을 상상하는 사람들의 수긍과 인정에 달려 있는 것들. 잊어버린 채 방기하고 있으면 어느 순간 등 뒤에서 노크해 오거나 부지불식간에 덜미를 잡아채는 것들. 실체를 확인하고 분석하기 위해 과감히 렌즈를 들이대면 사라지는 것들. 그래서 때로 지나치게 의미가 부여되곤 하는 것들.

그러므로 존재하기를 그만둘 게 아니라면, 차라리 이해하기를 멈춰야 옳은 것들. 은결은 그 가운데 하나의 모습으로 그의 곁에 머물러왔다.

한파가 골목길의 앙상한 감나무 가지들을 흔들고 지나간 뒤, 명정은 감기 몸살에 후두 경련으로 기침할 때마다 마신 물까지 토해낼 지경에 이르도록 버티다가 결국 내과에서 약을 처방받아 온다. 이 연세에 기침 심하게 하시다가 갈비뼈 금 간 분들 여럿 보았는데 오시길 잘했다며 의사는 내복약 처방전을 입력하고, 환자가 수액 한 방 맞으면 살겠다 하는데도 내과의는 자신이 의료수가를 노리고 아무 때나 주사를 턱턱 놓는 사람이 아니라는 자부심을 피력하더란다.

은결이 보리차를 미지근하게 데워 약 봉지와 함께 쟁반에 담아 가지만, 명정은 협탁에 두라고 손짓한다. 기관지확장제에 알

레르기약, 진해거담제와 항생제는 물론 소염진통제에 위장약까지 한번 털어 넣을 때마다 일곱 알이나 되니, 지금 먹는 심장약도 있는데 합치면 대체 몇 알인지 세어보기도 지치고 너무 많아서 먹고 나면 부대낀다는 것이다.

"대학병원에서 처방받은 것과 비교할 때 약효나 성분이 겹치는 약은 없습니다. 이미 의사가 목록 확인 뒤에 처방한 겁니다. 그래도 불편하시면 시간 차이를 한 시간 정도 두고 드시면 괜찮습니다."

"낮에 한 번 먹었는데 열은 이제 좀 괜찮아지는 것 같다. 노곤하고 졸려서 오늘 저녁 약은 그만두련다."

나아지는 듯하여 그만두는 것은 바람직한 복용 습관이 아니며 오히려 더 큰 세균을 키우거나 부작용의 원인이 될 수 있다는 말을 하려다가, 은결은 판단을 바꾼다.

"알겠습니다. 하지만 좀 지켜보다 열이 오르시면 제가 새벽에라도 깨워서 약을 드리겠습니다."

"그럴 것까진 없다. 애도 아니고."

"일단 푹 쉬십시오. 가게 문은 제가 닫겠습니다."

"그래라."

"불을 완전히 꺼드릴까요."

"아니, 작은 불 하나 머리맡에 밝혀놔라."

취침등을 켜고 침대 머리맡 협탁에 물통을 내려놓은 뒤 은결이 일어서는데, 주인은 거의 잠꼬대에 가까운 목소리로 웅얼거린다.

"너도 얼른 씻고 자야 내일 학교 지각 안 하지."

은결은 주인이 지금 무슨 소리를 하는 건지 올바른 분석이 이루어지지 않는다. 자신은 학교에 다니지 않으며 사장님께서는 아무래도 대상과 시공간에 총체적 착오를 일으키신 것 같지만 혹 별다른 의도나 의미가 있으신지 반문하려는데, 낯선 장소를 유영하던 주인의 말은 다시 현재로 돌아와 안착한다.

"첫째 서랍에 필요한 서류가 모두 있다…… 다른 건 건물주가 알아서 할 텐데 둘째 서랍에 들어 있는 베이지 봉투는 네 거다. 나중에 준교와 함께 가게 되면 그때 꼭 들고 가서…… 총장인지 학장인지 하는 양반한테…… 하여간 준교가 하라는 대로 하면 된다."

조금 전 자신이 무엇을 틀렸는지, 자신의 머릿속에서 어떤 시간의 곡선이 그어졌는지 명정은 인식하지 못한다. 다만 감기 기운에서만도, 약효 때문만도 아닌 깊은 잠이 실로 오랜만에 밀려오는데, 아직 완벽한 정리는 안 되었으나 준교와 그의 학교에 은결의 존재를 의탁하기로 가닥이 잡혀가는 데서 오는 안심이 한몫을 한 듯하다. 준교는 7개월 뒤에 제대할 것이며, 그리 오랜

공백을 두지 않고 학교로 돌아가겠다 했다. 은결의 존재를 별 위험이나 큰 어려움 없이 지속시키기에 대학만 한 곳은 없을 터다.

"알겠습니다. 주무시고 내일 마저 얘기해주세요."

가게로 내려온 은결은 펼쳐진 장부를 정리하고 내일 다시 한 번 전화를 걸어볼 고객 명단을 확인한다. 걸 때마다 받지 않은 고객의 주소에 붉은 표가 그려져 있다. 그동안 전화를 받은 사람들은 곧 가게 문을 닫는다는 말에 깜짝 놀라선 며칠 내로 잊었던 옷을 찾으러 몰려들었고, 전화를 받지 않은 20여 명이 남았다. 그중 세 명은 이사를 간 듯하고 전화도 결번인데 남은 물건은 대부분 이탈리아 명품이어서 임의로 처분했다간 문제가 생길 것인데, 아직 시간은 넉넉하나 언젠가는 불필요한 남의 옷을 계속 싸둔 채 원룸에 보관해야 하는 건지, 아니면 다른 방법을 강구해두는 게 좋을 것이다. 주인은 이후론 누가 뒤늦게 찾아오거나 말거나 갖다 버릴 거라고 투덜거렸지만, 평소 손님들에게 보였던 성의와 책임을 생각하면 그대로 머리에 이고 지낼 가능성이 높다.

철문을 닫을 때 은결의 머릿속에서 문득 이명을 닮은 잡음이 울리는데, 언젠가부터 내부 시스템에 사소한 문제가 생겼을 때 이런 식으로 명령어가 재구성되고 전기 신호가 재배열되는 소리가 들리곤 했다. 그 소리와는 아무런 논리적 상관관계가 없음에도 은결은 이튿날 주인이 일어나지 않으리라는 걸 알아차린다. 적어도 인간에게 있어서는 이미 발생한 모든 일이 앞으로 다가올 모든 일의 신호나 계기가 되기도 한다. 은결은 텔레비전의 심야 고전 영화를 비롯하여 인간이 꾸며낸 수많은 서사에서 이와 비슷한 장면을 본 적 있다. 우연히 손에서 미끄러진 물 잔이 깨어지자 먼 데 떠난 연인에게 닥칠 불운을 예감하는 주인공. 수십 년 동안 쉬지 않았는데 조부의 운명과 함께 멈춰버린 괘종시계. 학습한 사실에 따르면 그런 현상을 동시성의 원리로 이름 붙인 꿈심리학자도 있지만 대부분의 사람은 비과학에 미신 사고로 인식하며, 그러면서도 초현실이 들려주는 수많은 예고에 아낌없이 감응하는 모순을 보인다. 그러나 예지몽을 꿀 수 없는 로봇에게도 그런 일이 생길 수 있는지에 대해서는 알려진 바가 없다.

명정이 생전에 당부해두었던 대로 구(區) 단위의 세탁인연합회에서 회원들이 나와 각종 예의와 절차는 큰 탈 없이 마무리된다. 상주는 혈연관계가 없는 임원 가운데 몇 명이 맡고, 예치금을 맡겨두었던 상조회 사람이 나와 인간사의 마지막을 진두지휘 속전속결 정리한다. 화장터 업무가 밀렸다 하여 더 문상할 이도 없이 빈 장례식장에 5일장으로 체류할 뻔했던 것을, 눈썹 밑에 칼자국이 난 자를 비롯하여 우락부락한 어깨 몇 명이 어떻게 디밀어 새치기를 했는지 3일장으로 해결한다.

동네 사람들은 첫날 대부분 다녀간다. 세주와 그의 모친은 함에 조의금을 투입한 뒤 처음 보는 상주 대행들에게 형식을 갖춰 맞절을 올리고 분향한 다음, 모친은 외손녀를 안고 자리를 피하며 세주는 영정 옆을 말없이 지키는 은결에게 다가간다. 은결의 메모리에는 이런 때 이런 장소에 모인 인간들이 하는 일과 주고받는 말에 대해 전체 의례와 형식이 입력되어 있고 그는 다른 이들처럼 상조회 사람이 빌려준 검은 양복을 입고 있으나, 무얼 안다고 사람 아닌 것에게 계속 맞절을 시키며 문상객을 응대하게 하겠느냐는 세탁인연합회 임원들의 설왕설래 끝에 경호원 모양으로 죽 서서만 있는 것이다. 그리고 사람의 절차를 맡은 자들은 내내 은결을 없는 이로 간주하여 스쳐 지나간다.

세주는 은결을 힘주어 끌어안고 다독거리는데, 은결은 그녀가 왜 그렇게 하는지 이론상 잘 알고 있지만, 자신의 어깨를 적시는 눈물의 의미를 해독하기는 어려우며 추론만이 가능하다. 어깨를 붙안은 손아귀에 힘이 들어가고 있다는 감각만은 선명히 느껴진다. 감압에서 통증으로. 통증. 불행. 하늘나라. 사무침. 사라짐. 녹아 없어짐. 외로움. 애도. 낱낱의 의미를 인식하나 그것들의 들끓음은 그의 것이 될 수 없다.

다만 그 들끓음의 결과를 이해할 수는 있을 것이다. 이해를 통해 마치 자기 것인 양 반응을 꾸며 드러낼 수도 있을 것이다. 그러나 그가 무언가를 꾸밀 때는 대개 사용자를 위한 것이며, 지금은 주요 사용자—주인이 존재하지 않는다. 그는 우선 그 현실부터 철저히 객관적인 사실로 받아들일 것이다.

그러나 그다음으로 시호가 찾아와 부은 눈꺼풀을 억지로 들며 미소와 함께 악수를 청할 때, 은결의 메모리에서 이 한마디가 인간들의 비명이나 탄식 비슷이 솟아오른다.

—무너진다는 건 어떤 것입니까.

건물이 아닌 사람이 무너진다는 의미를 분명히 학습한 적 있고 자신이 그렇게 될 일은 없으리라는 걸 누구보다 잘 알았는데, 은결의 몸속에서 외부에 발산되지 않는 경보음을 비롯한 온갖 오류 메시지가 출력되고, 은결은 시호의 내민 손을 응대의 법칙에 따라 정중하게 쥐는가 싶더니 손끝이 닿는 순간 모로 무너져 내린다. 가장 먼저 후각이 꺼지고 촉각이 사라지며, 당황해서 이름을 부르는 시호의 목소리도 들리지 않는다. 시야가 급격히 축소되는가 싶더니 카메라를 비롯한 모든 외부 감시 및 감각 시스템이 강제 종료되며 은결의 눈꺼풀이 감긴다.

곳곳에서 터져 나오는 사람들의 비명은 역설을 넘어 희극에 가까운데, 장례식장에서 줄초상 치르기 전에 어디 편안한 데로 옮겨 눕히자는 말에다가, 어차피 인간도 아닌 것을 호들갑 떠느냐는 핀잔이 오가는 것이다. 우왕좌왕하며 울음을 터뜨릴 듯한 시호를 밀어내고 세주가 은결의 겉옷을 벗긴다. 엎어놓고 주전원과 보조전원을 완전히 내린다. 자, 당황하면 안 돼. 똑같다고 생각해. 알았지? 집에서 인터넷 안 되면 어떻게 해? 셋톱박스 껐다가 리부팅하지, 기계는 그게 기본이야, 안 되면 껐다가 다시 켜라. 사람과 다른 유일한 장점이 그거잖아, 껐다 켜기가 된다는 거!

필요한 서류를 다 받고 나서, 건물주는 처음에는 은결을—어쩌면 은결의 내부를 구성하는 각종 고가의 부속과 금속에 눈독을 들이는 듯한 눈치였지만, 이미 거취가 정해졌다는 말에 깨끗이 물러난다. 워낙 오랫동안 관계있던 상인에 대한 최소한의 예의, 죽은 사람의 재산을 그런 식으로 취급해선 안 된다는 양심은 있었던 모양이다. 은결은 세탁소의 얼마 안 되는 권리금으로 건물주에게 진 빚을 갚았고, 보증금이 월세로 다 소진되는 때까지는 원룸에 그대로 머물러 있어도 좋다는 이야기를 들었다.

은결은 세탁소에서 끌고 올라온 나머지 옷들과, 세탁인연합회 회원들이 드나들며 도와주었음에도 돈으로 바꾸지 못한 잡동사니들을 원룸 한쪽 구석에 쟁인다. 명정이 예정했던 시간보다 일찍 떠난 데 비해 일은 크게 꼬이지 않았다. 이사 간 고객이나 사망 고객의 유가족이 뒤늦게 세탁물을 찾으러 올 가능성은 높지 않고, 은결이 대학으로 떠난 뒤에는 건물주가 옷을 비롯한 원룸 내부를 모두 알아서 처분하기로 했다.

그러니 은결은 준교가 조만간 제대하여 데리러 오기 전까지 따로 할 일은 없다. 최근 입주에서 출퇴근으로 근무 형태를 바꾼 준교 어머니가 홀로 남은 로봇의 무료함을 염려한 나머지 비좁은 집구석에나마 들어와서 준교 방을 쓰라고 몇 번 인사를 건네지만, 사장님이 예정하셨던 시간까지는 원래의 장소에 머무르겠다는 은결의 대답에 얼핏 고개를 기우뚱거릴 듯 끄덕이며, 주인과의 마지막 약속을 이행하기 위한 기계적 충성은 어쩌면 자의적 사고가 불가능한 무생물에게 한번 지시가 입력된 이상 당연한 일인가 보다 여긴다. 프롬프트 명령어를 교체하지 않으면 그대로 이어지는 행위들. 명령을 바꾸고 환경 설정을 변경할 만한 지식이 있는 사람은 주위에 그녀의 아들뿐, 준교가 오면 일은 자연 해결되리라. 다음번 휴가 때 준교가 나오면 은결을 설득해보라고 할 것이다. 정확하게는 그에게 설정된 명령을 바꿔보라는 이야기를.

첫째 서랍이 완전히 비워지자 은결은 주인이 일렀던 둘째 서랍을 연다. 건물주에게 넘겼던 것처럼 누런 각대봉투가 들었을 줄 알았더니 뭔가 이것저것 잔뜩 담겨 두툼한 쇼핑백이 뉘어져 있다. 전원 연결선, 보조 배터리, 누렇게 바랬지만 형태는 멀쩡한 영문 매뉴얼, 매뉴얼을 번역 출력한 A4 이면지 묶음이 나온다. 마지막으로 입구를 봉하지 않은 편지 한 통. 은결은 타인이 또 다른 타인에게 보내는 편지를 읽어서는 원칙적으로 안 된다는 인간의 예의를 숙지하고 있다. 그러나 은결이 인세(人世)를 살아오고 그들의 말을 들으며 그들의 행동에 반응해온 동안 알게 된 현실이라면, 그 원칙은 언제나 깨어지라고 존재하는 것과 별다를 바가 없더라는 것이다.

편지는 준교의 관련자라는 대학 학장과 연구교수 앞으로 되어 있다. 지금껏 자신이 어떻게 해서 이 분수에 맞지 않는 로봇을 소유하고 함께 살아왔는지, 아들의 죽음으로부터 시작한 명정의 구구절절한 편지는 은결과 어떻게 지내왔으며 그의 평소 생활 및 행동 패턴은 어떠한지, 어떤 문화를 접했고 어떤 책을 읽었는지, 주로 정보를 얻은 경로까지 이어진다. 다음으로는 은결의 현재 기계적 상태가 그리 좋지 않은 것으로 생각되므로 동봉한 매뉴얼에 따라 점검이나 보수가 필요하리라는 이야기. 그 다음 장은 주인이 개인 견해라는 단서를 달고 기록한 것으로서,

자신은 로봇에게 영혼이 있다는 가설을 믿지 않으며 관련 연구가 어디까지 진행되거나 증명되었는지 전혀 무지하지만, 그럼에도 불구하고 사람 옆에 고요히 9년을 정박해온 은결에게서 가끔 인간한테서나 볼 수 있는 가벼운 충동이나 변덕 비슷한 현상을 엿본 적이 있으므로, 로봇 연구실에서도 그런 관찰 및 연구가 진행되면 필히 인류의 미래에 도움이 될 테니 가능하면 은결의 기존 메모리를 지우거나 초기화하지 말고 당분간 지켜봐주시기를 바란다는 간곡한 요청이다.

바로 뒷장에 그동안 주인으로서 관찰한바 기계적 설명이 어려우며 인간의 반응에 가깝다고 판단한 몇 가지 사례가 이어진다. 밤거리로의 목적 없는 불규칙한 산책과 방황, 선물을 받고난 뒤 입가에 떠오른 희미한 미소, 마치 관심을 갖거나 특별히 선호하는 것처럼 보이는 일부 텔레비전 프로그램, 어린 소녀에서 처녀애로 자라난 이웃집 여성에 대한 연심, 그리고 이 모든 사례는 시스템 오류나 고장에 의한 것일 가능성도 없지 않으니 확인 부탁드린다는 이야기.

백보 양보해서 주인의 관찰이 모두 사실이라 쳐도 연심이란 무얼 가리키는지 은결은 알 수 없다. 연심의 사전적 정의는 물론 알지만 자신이 언제 그런 것을 시작하거나 끝낸 적 있는지 알지 못한다. 어쩌면 지난번 세주가 한 번 껐다가 켰을 때 메모리의 일부가 날아갔는지도 모를 일이지만, 은결의 시스템은 고작 리부팅 정도로 기억의 편린들이 흩어질 만큼 연결고리가 느슨하지 않다. 주인이 편지에서 지시한 대상은 만남의 비율과 연령대를 고려해보았을 때 시호가 제일 가까울 것인데, 혹시나 싶어 시호와 비슷한 연령대와 시간을 거쳐온 여성 손님의 목록도 모두 꼽아보다가 수치상으로 무의미한 결과만 반복 출력되어 중단한다. 은결은 시호와 연심에 해당하는 무언가를 주고받은 적 있는지 그녀와 관련된 하위 디렉터리를 모두 검색해보지만 관계 형성과 유관한 사례에 일정 수준 이상으로 일치하는 값은……

그때 문득 메모리를 건드리면서 솟아오르다 가라앉기를 반복하는 몇 개의 장면들. 거울 앞에 나란히 쪼그리고 앉았던, 존재 확인 증명의 어느 날. 그녀에게 잘 어울릴 것만 같았던 인디고블루의 핀턱 슬리브리스 원피스. 그리고 그 원피스 주머니. 번개같이 뺨에 내리꽂히던 어느 날 밤의 부드러운 감촉과 거기 함축된 인사. 은결은 꼭 사람이 원치 않는 생각을 털어내듯 머리를 흔들고 편지를 마지막까지 읽어나간다.

모나미 볼펜으로 글자마다 찌꺼기를 묻혀가며 한 자 한 자 눌러쓴 이 편지의 결말은, 본 서류를 가지고 온 자가 바로 은결이라는 이름으로, 자신의 차남처럼 데리고 있어온 이 로봇에 대한 모든 권리를 이제 준교와 미디어 기자들의 입회 아래 귀 대학에 넘기겠다는 선언이다.

분명 주인과는 이에 대한 이야기를 불충분하게나마 나눴고 은결은 연구실에 가기로 결정된 약속과 준교의 예정을 잘 아는데, 이렇게 주인의 필체로 눌러쓰니 그 약속의 크기와 무게가 비로소 견고한 현실이 되어 그에게 다가온다.

가벼운 충동이나 변덕 비슷한……

은결은 문득 편지를 접어 넣고 봉투째로 찢기 시작한다. 주인의 간절한 부탁과 성실한 기록이 한 자 한 자 흩어져 휴지통으로 떨어진다. 그 어떤 명령도 없이 그 누구의 지시도 없이, 적절한 연산 과정을 거쳤는지 스스로도 인식하지 못할 만큼 순간적으로. 주인이 기록한 충동이란 바로 이런 모습인지도 모르며, 은결은 그 기록에 부합하는 행위를 지금 처음 한 것 같다는 판단을 내린다. 은결은 자신이 스스로의 개체를 보존하기 위한 바람직한 일을 했는지를 모르지만 일단 주인의 마지막 명령을 따르지 않았다는 사실만은 안다. 인간이 '자기도 모르게'라는 말을 사용하는 때는 꼭 이런 순간일 것이다.

그전에도 은결은 뭔가 명백한 지시 사항이 없더라도 주인의 상태를 파악하여 적절한 서비스를 제공하는 경우가 많았다. 주인은 현재 무엇이 갖춰지지 않아서 고민하는지 판단하고, 그것을 갖추기 위해 필요한 일을 스스로 알아서 수행하는, 기초적인 의미에서의 인공지능이었다. 예컨대 사소하게는 명정이 현관 끝에서 욕실까지 걷다가 뭔가 밟히거나 걸리는 게 있어서 발로 슥 바닥을 밀어보거나 제 발바닥을 들여다보면, 은결은 그 모습을 보곤 곧 바닥 청소를 시작하는 식이었다. 비록 주인의 의도 파악에 매번 성공하는 건 아니었고 역시 기존의 학습된 의도를 중심으로 움직이므로 같은 상황에서 다른 반응이 요구될 때도 있었지만, 로봇 치고 사람에 가깝게 눈치가 있다며 명정이 신기해했던 적이 몇 번 있는데 그 정도는 곧 익숙한 일이 되었다.

이제 은결은 주인의 언어적 지시가 없을 뿐만 아니라 주인이 제공하는 행동 준거도 없이, 심지어는 주인 자체가 더 이상 존재하지 않는 상황에서 스스로 행한다. 마치 그전에 틈틈이 입력해 놓은 수많은 명령들이 한꺼번에 출력된 것처럼 은결은 쉬지 않고 몸을 움직인다. 더 이상 임자가 나타나지 않는 옷들을 골목길 재활용 의류 수거함에 투입한다. 오래되어 훼손이 심하거나 사용이 거의 불가능한 가전을 비롯한 잡동사니 폐지를 한꺼번에 모아 고물상 트럭에 싣는다. 비교적 상태가 양호하거나 복지센터 사람들이 선호할 만한 물품들은 따로 모으고 기증품 목록을 작성한다.

그러다 은결은 명정이 마지막으로 깔고 덮었던 이불과 요에 눈길이 간다. 죽은 이의 몸에서 흘러나온 각종 오물이 그대로 말라붙은 지 한참 지났으니 더 이상 냄새가 진동하지는 않지만, 당시 알을 깠던 초파리들이 지금도 온 집안을 날아다닌다. 이불과 요는 100리터 쓰레기봉투에 들어가지 않을 만큼 두껍고 크며 갈가리 찢어 나눠 담자니 봉투가 터무니없이 많이 필요할 터라 버리기는 포기해야겠다. 무엇보다 오물만 닦아내면 버리기엔 지나치게 상태가 좋은 이불이니 아깝다는 판단, 이것이 갈 곳이 고물상이든 복지센터든 깨끗이 세탁해서 넘겨야 하리라는 최소한의 인간적 상식이, 지금의 은결에게는 존재한다.

그러나 이제 더 이상 주인의 세탁소는 없다.

은결은 10킬로들이 통돌이에 어찌어찌 이불을 밀어 넣는다. 그러나 통돌이는 작동 불량 이전에 전원부가 완전히 나갔는지 아예 반응이 없다. 은결이 어떻게 손대볼 수 없는 논리와 원리로 이루어진 구식 제품. 불과 한 달 전까지만 해도 어찌어찌 돌아갔던 통돌이가 주인의 죽음과 함께 비로소 지상에서의 제 임무를 다했다는 듯 그대로 잠들어버렸다.

이제 잘라서 버리는 것 말고는 방법이 없다고 결론을 내리기 직전, 은결의 메모리에서 문득 한 장면이 떠오른다. 비록 오래되어 선명한 영상은 아니나 욕조에서 마주 보고 이불을 밟던 모자와 그들이 터뜨리는 웃음 사이로 섞여들던 비누거품, 부서지는 물방울들.

은결은 미지근한 물을 가득 채운 욕조에 이불과 요 껍질을 담근다. 바지를 무릎까지 걷어 올린다. 은결은 자신이 너무 오랫동안 습기에 노출되어서 좋을 것이 결코 없다는 사실을 알지만, 욕조에 발목을 10여 분 담그는 정도는 일도 아닐 만큼 튼튼한 방수 기능 또한 갖추었다.

그러니 아무런 문제도 없다.

한 발 그리고 한 발, 처음에는 걸어가듯이, 그다음은 천천히 제자리걸음. 움직일 때마다 발목에서 무릎까지 출렁이는 물살의 감각. 스며들지 않는 차가움. 통과할 수 없는 인공피부 위를 구르는 물방울들. 수축하지도 부풀지도 않고 그 자리에 버티고 선 두 다리. 욕조 옆에 놓인 통을 열고 가루세제 한 스푼을 뜬다. 푸른빛이 감도는 세제가 흔들리는 물살에 몸을 섞는다. 세제가 완전히 녹아들기까지 순식간이다. 부예지는 물속을 한 발 또 한 발 휘젓자 거품이 몽글거린다. 지금의 장면은 메모리에서 불러낸 드라마 또는 다큐멘터리 영상과의 유사 비율이 비교적 높다. 그러나 다른 점은 마주 보는 누군가가 없다는 것이며 어쩌면 그것이 전부일지 모른다. 세제는 물속에 녹아들었으나 그의 몸은 용해되지도 발효되지도 않는다.

—저렇게 건물이 무너지면 안에 있던 사람들은 어떻게 됩니

까.

—다치거나 죽겠지, 손쓰지 못하고 숨지는 경우가 많고.

—사람이 무너지면 무너진 그 사람이 죽나요. 아니면 옆에 있던 사람이 숨을 거둡니까.

—그건 사람마다 다르겠지, 둘 다일 수도 있고 둘 다 아닐 수도 있다. 사람이 건물과 다른 건 부서져도 대강 이어 붙일 수 있다는 점일까, 다시 일어난다는 점일까. 나는 아내가 떠난 뒤 무너졌지만 죽지 않았고, 아들을 그렇게 보내고 나서도 무너지는 줄 알았지만 역시 이렇게 살아 있는데 두 번째는 아무래도 네가 여기 왔기 때문이겠구나. 내가 특별히 의지나 신념이 강한 사람도 아니고, 삶에 미련이 있어서도 아니지만, 보통 사람은 스스로 죽지 못할 때 별 수 없이 살아가곤 하지. 네가 없었다면 나도 어쩌면.

—사람이 스스로 죽음을 택할 때란 어떤 때입니까.

—지구상에 사람이 70억 명이나 되는데 그들 각자의 이유라면 70억 가지도 넘겠지만 너한텐 말해줄 수가 없구나. 말해본들 네가 알지 못할 좌절이기도 하고.

그때 은결의 머릿속에서 표적을 알지 못하는 방아쇠가 당겨진다. 다리의 신경을 지탱하던 인공세포들이 일순간 휘발되기라도 한 듯 은결은 욕조 깊이 주저앉는다. 옷이 빠르게 젖어든다. 욕조 등받이를 따라 엉덩이가 미끄러지고 거품이 입속으로 밀려들어온다. 인공장기가 외부의 이상 신호를 감지하고 팽창하는 감각. 주요 메모리 안으로 응축 및 집약되는 세계들. 어서 몸을 일으켜야 한다는 판단과, 이대로 머물렀을 때 생길 수 있는 모든 경우의 수와, 그 후 벌어질 일들에 대한 예측 값 등이 한데 뒤엉킨다. 몸의 접합 부위마다 정교하게 장착된 인공관절이 삐걱거리는 소리가 몸을 뚫고 밖으로 쏟아져 나오려 한다. 위험을 알리는 날카로운 버저가 머리를 울린다. 1분 뒤 터질 시한폭탄처럼 두근거리는 인공심장의 진동이 인공신경을 타고 달팽이관을 흔든다. 이어서 은결의 머리는 물속으로 완전히 잠긴다. 이대로라면 얼마쯤 지나선 방수장치가 내습 처리 용량의 한계를 넘어 심장에 물이 차오르는 감각이 전달되리라는 예측마저, 밀물처럼 눈앞에 쏟아지는 까만 어둠과 함께 중단된다.

—그 시간은 턱없이 짧은 탓에, 자신이 어떤 방식으로 이 세상에 스며들지를 결정하고 나면 이미 녹아 없어져버리지.

이런 미친……

돌고래가 파도를 뚫고 튀어 오르는 듯한 소리가 어딘가에서 울리고, 이어 귓속의 출렁임.

수건 펼쳐봐, 아니 신문지……

옷이 붙어서 잘…… 거기 가위!

도구함 여기, 드라이버 말곤 도무지 쓸 만한 게……

드라이어 있나 봐봐, 꽂아, 감전 조심.

끼릭끼릭끼릭

치잉 윙

철컥

이어지는 완전한 암전이야말로 로봇이 꿀 수 있는 유일한 꿈이다.

새벽에 고열과 경련을 일으키고 해열 시럽을 토해낸 아이를 둘러업고 응급실에 다녀왔더니 집 안에서 지린내와 토사물 냄새가 진동한다. 세주 모친은 구겨지고 뒤엉킨 담요 가운데 그나마 멀쩡하고 덜 더러운 걸 집어다 바닥에 편다. 세주는 잠든 아이를 조심조심 요에 내려놓다가, 문득 오늘 하루만 가게 문을 닫고 손녀를 돌보겠노라는 모친의 말에 눈을 휘둥그렇게 뜬다. 앓는 애를 뼈마디가 삭아가는 노인의 손에 전적으로 맡기기 어려워 보습학원 나갈 동안만 케어를 부탁하려던 참에, 이건 지나친 파격 서비스인 것이다. 그러나 모친의 뜻은 확고하다.

"어차피 요즘 같아선 단골 말곤 파리나 날리는 동네 미용실인데 손녀 아플 때 돕기나 해야지. 아이가 뒤집어져서 너 오늘 학원 수업 준비 하나도 못한 거 안다. 눈 붙이고 쉬라 소린 못하지만 먹고사는 일은 다해야지. 애가 깨어나도 내가 약 먹이고 다 할 테니 너는 수업 준비해라."

세주는 충혈된 눈에 손바닥을 얹어놓고 좌우로 돌린 뒤 한숨 쉬며 나갈 채비를 한다. 열이 내린 아이가 곤히 잠든 옆에서 모친은 밤새 난장판의 흔적을 거듬거듬 치우기 시작한다. 곳곳에 던져지고 밟혀 수세미가 된 옷을 주워다 옷걸이에 걸고, 굴러다니던 약병을 씻고, 쉰내가 나기 시작하는 물수건을 세면대에 던져 넣고, 아이 몸을 닦은 대야의 물을 비운다. 아이 머리맡에 플라스틱 바구니를 놓고 빨아놓은 거즈 수건과 귓속체온계를 쓸어 담는다.

"수업 준비를 할 땐 하더라도 내가 저거라도 처리하고 나가야지 속이 시원해. 애 깨나 보고 계셔요."

세주는 바지 뒷주머니에 지갑을 찔러 넣고 더러운 이불과 옷더미를 둘둘 말아 양팔에 안고 나선다.

언덕바지의 세탁편의점 문 앞에서 세주는 머뭇거린다. 명정의 골목길 세탁소가 영업을 종료한 뒤로 세탁소라곤 이제 세 번째 와보는 것이며, 가죽이나 비단 클리닝이 아닌 일반 빨래를 돌리려고 온 건 처음이라 시스템에 익숙지 않다. 그도 그럴 것이 세주네 원룸에서 세탁편의점까지 직선거리가 600미터에 이르며 꽤나 급경사진 언덕을 오르내려야 하는 번거로움도 한몫을 하니, 빨래거리를 집에 쌓아만 두고 그때그때 내갈 여유가 없는 것이다.

또 하나 걸리는 일이라면—사소하고 치졸한 자격지심의 일종임을 세주는 모르지 않는데, 고작 언덕 하나짜리 위치만 다를 뿐이나 이쪽 상가는 세주에게 별세계다. 신축 브랜드 아파트 주위로 수년 사이에 형성된 상권이어서 그런지 깔끔히 규격화되고 정돈된 간판, 외벽의 고상한 색조와 우아한 분위기에 자기도 모르게 압도당하고 마는 것이다. 처음에는 집에서 아주 멀지 않은 곳에 상가가 새로 생겨 좋았고 급할 때 이용할 세탁소가 생겨 다행이라고 여기며 식구들 옷을 싸갔다가, 아이가 다니는 어린이집의 친구 엄마를 마주쳤었다. 그녀의 첫마디가 뭐였는지 세주는 아직도 잊지 않고 있다. 어머 이런 데서 보네요 반가워라. 그런데 뭐하러 여기까지 오세요? 거기 세탁소 없나요? 세탁소가 없어서 온 것도 맞고, 친구 엄마의 말은 딱히 궁금하지 않더라도 무심결에 건네는 저녁 드셨어요? 같은 인사일 뿐이라고 생각하려 애썼지만, 세주는 그 순간 자기가 신성불가침의 구역에 발을 들여놓은 이방인 같았다.

이번엔 제발 아무도 마주치지 마라, 생각하며 세주는 이불을 안은 채 한쪽 어깨로 문을 미는데 마침 배달 마치고 차를 세운 세탁편의점 사장이 뛰어와서 문을 열어준다.

"고맙습니다."

마주 도열하고 선 거대한 세탁기들을 가로질러 간 세주는 빨래거리를 카트에 던져 담는다. 그대로 카트를 밀고 가다 동전교환기 앞에서 아는 얼굴을 만나는 바람에 순간 움찔하나, 아이 친구 엄마가 아니라 그나마 다행히 엄마 친구다. 한 골목에 살며 모친과 가끔 담소를 나누는 야쿠르트 여사였으므로 세주는 밝게 인사한다. 마침 다 개킨 빨래를 에코백에 넣던 야쿠르트 여사는 세주의 안색부터 살핀다.

"피곤한가 보다. 눈이 쑥 꺼졌네."

"아이가 밤새 토하고 열나서요."

그럼에도 엄마 친구일 뿐 자기 친구가 아니니 세주는 필요한 말만 간단히 하고 지폐를 동전으로 교환한다. 드럼세탁기 대형 한 통 돌리는 데 4천 원, 건조기에 넣고 말리는 데 4천 원, 다해서 8천 원이면 될 것 같다. 동전교환기 맞은편 벽에 붙은 전단에는 고객 시간 절약을 위한 대행 서비스 품목이 열거되어 있다. 세탁물을 통째로 접수하고 약속 시간에 찾으러 오면 동전 투입부터 세탁 건조 개켜주는 정리까지 3천 원의 추가 인건비를 지불하면 가능하다는 내용이다. 손발 멀쩡한 사람이 그렇게까지는 필요 없고. 고개 저으며 세주는 다음으로 세탁 금지 품목을 훑어 숙지한다. 지난번 왔을 때는 아무 생각 없이 아세테이트 혼방 제품을 드라이클리닝만 맡기는 바람에 눈여겨본 적 없던 세탁 주의사항이다. 세탁기에 넣어서는 안 되는 것—구두, 운동화, 애완동물이 사용한 제품, 가죽, 모피, 견직물, 병원 및 산후조리원에서 사용한 시트…… 배설물과 기름으로 오염된 제품, 항목에서 세주는 멈칫한다.

"젠장, 그럼 대체 뭘 넣고 돌리라는 거냐……."

세주는 혼잣말하며 카트를 밀고 카운터로 간다. 수많은 사람이 이어서 사용하니 병균과 오물 처리 문제가 있는 건 알겠다. 하지만 사람은 살아 있는 이상 세균이 들끓는 존재이며 인체는 상시 단백질 섞인 기름을 분비하고 오물을 쏟아낸다.

"여기요 사장님, 문의 좀 드릴게요."

안쪽 룸에서 대량의 클리닝 제품을 정리하는지 비닐 서걱거리는 소리만 나다가 사장이 허둥지둥 뛰어나온다.

자초지종을 설명하자 뜻밖에 사장이 흔쾌히 대답한다.

"그냥 하셔도 돼요. 괜찮아요."

"진짜요? 안 된다고 적혔는데."

"그거 본사에서 위생 청결 관리 교육 나와서 일부러 잘 보이게 써 붙인 거고요, 실제론 다들 그냥 하세요. 아기들 만날 하는 일이 토하고 싸는 건데, 큰 이불 두꺼운 걸 집에서 처리하기 힘드니까 일부러 밖에까지 끌고 나와서 생돈 내고 하는 것을 어쩌겠어요. 특별히 1급전염병이 있으시거나 그런 건 아니죠?"

살아 있는 한 발생할 수밖에 없는 인체의 오물에 관한 젊은 사장의 견해가 자신과 비슷한 데가 있어서 세주는 은근히 반갑지만 그럼에도 한번 떠본다.

"페스트나 콜레라는 아니지만 감기도 전염되긴 하잖아요. 아이들 사이에 요즘 노로바이러스도 흔하고."

"그거 다 따지면 못해요. 그 정도는 괜찮아요. 고객님 세탁 마칠 때마다 저희가 기계 살균 소독 한번 싹 다 해요."

"오, 그건 몰랐네요. 유지비가 장난 아니겠어요."

"그렇긴 하지만 그래야 그다음 손님도 안심하고 쓰지요. 두고 가서 일 보고 오세요, 제가 대행해드릴게요."

"예? 저는 추가 비용은 별로……."

"괜찮아요. 지금 일 밀리지 않아서요, 제가 그냥 해드리고 마치면 문자 보낼게요."

아이의 토사물과 오줌이 묻은 이불을 생판 남이 펼쳐서 세탁해준다는 게 꺼려지지만 세주는 거의 등이 떠밀리다시피 세탁편의점 밖으로 나온다. 이불 속에 제 속옷이라도 한데 뭉쳐 넣었다면 어쩔 뻔했나 싶어서 세주는 눈살을 찌푸리다 기가 막히다는 듯 헛웃음을 친다.

가방을 메고 뒤미처 따라 나온 야쿠르트 여사가 목소리를 낮추고 세주에게 귀띔한다.

“저 사람 있잖아, 혼자야.”

“뭐가요?”

“배울 만치 배운 사람이 이 눈치 없는 것 좀 보라지. 저 젊은 사장, 부모님 모셨다가 두 분 낙향하시고 지금 혼자라고. 올해 마흔둘인데 아직 옆에 아무도 없다고.”

세주는 고개를 떨어뜨리며 신경질적인 웃음을 터뜨린다. 주로 엄마의 지인이나 친인척이라는 이름으로 표상되는 동네 어른들의 오지랖은 이 세상 어느 동네로 도망가더라도 따라붙을 것만 같다.

“아, 그런 얘기를 저한테 왜 하시는데요? 웃겨 정말.”

“내가 여기 열 번도 넘게 왔는데 저 양반이 땡전 한 푼 안 받고 대행해준단 소리 오늘 처음 들어봤거든? 너 그거 삼천 원 우습게 볼 거 아니다?”

“우리 엄마가 그 김칫국 마시다가 인생을 몇 번 말아먹었게요. 마흔둘이고 쉰둘이고 간에 애 딸린 돌싱을 누가, 아니 됐고, 제가 싫네요. 이제 학을 뗐어.”

관심을 기울이는 야쿠르트 여사의 기분이 상하지 않도록 가능한 한 좋게 웃으며 손을 내젓다가 세주는 문득 유리문 너머로 다가온 사장을 발견한다. 점포의 내부가 잘 보이도록 롤스크린을 걷어 올리던 사장은 세주와 눈이 마주치자 산뜻한 미소를 띠며 어서 가보라는 듯이 고개를 까딱해 보이곤, 뭔가 황망한 듯 뒷머리를 긁으면서 점포 안쪽으로 모습을 감춘다. 세주는 얼결에 그를 따라 웃음을 비롯하여 작은 손짓까지, 이미 상대가 사라진 유리 너머로 건네고 만다.

방향도 같은데 천천히 함께 좀 돌아가자는 야쿠르트 여사의 말을 못 들은 척하고 세주는 빠른 걸음으로 집 쪽으로 향한다. 마지막으로 반듯하게 개킨 순면 수건에 코를 묻고 부드러우면서도 산뜻한 울샴푸 냄새를 맡았던 적이 언제였는지를 떠올려본다. 돌이킬 수 없이 얼룩졌으나 어떻게든 입고 걸치고 끌어온 사람의 인생을 통째로 표백하는 불가능한 일에 대해 상상해본다. 그리고 낡은 옷가지 속에 파묻었던 때 묻은 기억들을 말갛게 씻어낸 뒤 햇볕에 널고 싶었던 매 순간의 충동들을 돌이켜본다. 지금까지 건조기 안에서 웅크리고 지내온 날들을, 물기 한 점 없이 바싹 말라 바스라지기 직전이었던 최소한의 생활을. 그럼에도 불구하고 언젠가는 아이에게 이염되기를 바라는, 삶을 응시하는 기본적인 태도와 자존심과 신념 같은 것들을 꼽아본다.

그리고 지금은 무엇보다 잠든 아이를 깨워 약을 먹여야 할 시간이라고 퍼뜩 깨달아 걸음을 더욱 빨리하는 세주의 입가에, 조금 전의 당황스러웠던 웃음보다 더욱 선명하고 따뜻한 미소가 번져나간다. 언젠가 그것을 누군가와 나눌 수 있다면 좋을 것이며, 그때가 반드시 지금이 아니더라도 괜찮을 것이다.

다시 눈을 떴을 때 은결의 왼쪽 카메라는 완전히 기능을 잃었다. 외관상 문제없으나 그 눈은 더 이상 아무것도 비추지 못한다. 사람으로 치면 시신경 상실에 해당하는데, 좌우 카메라를 함께 켜면 왼쪽 눈에는 흑백 노이즈가 심하게 맺혀서 전체의 상이 왜곡되므로 차라리 왼쪽을 아예 끄는 편이 나았다. 그 밖에는 오른쪽 손목과 왼쪽 무릎의 접합부가 영구 훼손되어, 보행과 행동은 가능하나 그 모습이 부자연스럽고 아슬아슬하다.

그나마 휴가를 받아 나오기 무섭게 수상한 예감이 들어서 시호와 함께 들이닥친 준교가 신속 건조 처치한 덕분에 최소한으로 입은 외적 손상이다. 메모리는 92퍼센트가량 복구되었고, 프로

그램 분석 결과 삭제된 내역은 그리 대단치 않은 정보나 당장 쓸 일은 없는 전문 지식들이며, 은결은 기존 주인을 비롯한 동네 사람들과 자신의 현재 상태에 대한 인식 수준이 명확하다. 변변치 않은 도구와 최소한의 장비로, 합성세제 화합물에 노출되어 부식이 진행된 기계를 이만큼 복구해낸 준교는 한시름 놓아서, 이제야말로 자신의 천재성을 만방에 알릴 때라며 너스레를 떤다.

준교의 침대에서 깨어났을 때 은결의 눈에 가장 먼저 들어온 것은 물론 이름을 부른 준교와, 옆에 나란히 앉아 얼굴을 들여다보던 시호의 걱정스러운 표정 그리고…… 시호 어깨 너머 보이는 창틀에 놓인 화분이었다. 준교네 집이지만 화분에는 시호의 이름이 적혔고 그 옆에 자줏빛 하트 스티커가 붙어 있어서, 그 화분이 시호에게서 준교한테로 온 것임을 알 수 있었다. 은결의 시선이 화분에 핀 붉은 베고니아에 오래도록 머물러 있음을 발견했을 때 시호가 띤 미소에는 약간의 어색함이 걸려 있었다.

"저게 뭔지 기억하는구나."

은결은 대답하지 않지만 몸속 모든 인공장기와 뼈대가 그녀의 목소리에 반응하여 꿈틀거리면서 지나간 메모리를 가열하게 뒤지기 시작한다. 그녀가 가리키는 기억의 내역은 검색되지 않는다. 그럼에도 저 베고니아가 무엇이며 어디서 왔는지 어쩐지 알 것만 같다는 짐작의 연산이 수행된다.

"아, 회로 타겠다. 천천히 하자. 몰라도 상관없어. 중요한 거 아냐."

은결의 상태를 예민하게 알아차린 준교가 손을 내젓자 시호는 어깨를 으쓱해 보였다.

"아니 뭐, 중요한 게 아닌 건 또 아닌데. 이래서 이과생이랑 같이 못 놀겠다니까. 섬세한 구석이라곤 요만큼도 없어."

하지만 그런 것보다 더 중요한 게 세상에는 있는 법이니까. 돌아서며 중얼거리는 시호의 말을, 은결은 흘려듣지 않았다.

나중에 준교가 최종 점검과 결론을 내리는 과정에서 알았지만 시호가 말하는 기억이란 아무래도 복구되지 않은 8퍼센트에 속해 있는 모양인데, 은결은 그것이 무엇인지를 수차례 시호에게 물었고 그녀는 알려주지 않았다.

"알 것도 같습니다만 명확하지 않아서 그렇습니다. 조금만 도움말을 주시면 기억에서 불러낼 수 있을지도 모릅니다."

"알고 싶니?"

반문하는 시호의 입가에 더 이상 당혹스러움은 묻어 있지 않다. 상대를 시험하는 듯한 미소 또한 아니다. 은결은 인간의 보편적인 표정 신호를 귀납적으로 계량한 결과 그 같은 각도의 눈꼬리와 입매가 순수한 존중과 다정한 배려의 신호임을 안다.

"알고 싶다……는 것은."

은결은 늘 그래왔던 반응 패턴대로 무엇입니까, 라고 되묻지 않는다. 이제 와 새삼스레 싶다라는 보조형용사의 정의를 궁금해하지 않는다. 궁금하다는 느낌도 그에게 있어서는 '다른 연관 문제를 해결하는 데 필요불가결한 것으로 판단된다'의 다른 표현에 불과하지만.

한다. 하지 않는다. 하기 싫지만 한다. 하고 싶지만 하지 않는다. 그것을 분류 및 실행할 줄 알게 될 때 당신은……

마침내 은결은 대답한다.

"지금의 연산 결과가 객관적인 사실이라고 한다면, 알고 싶지만 더는 알지 않는 것으로 하겠습니다."

"굿 잡."

넘어지지 않고 엄마에게로 아장아장 걸어오는 데 성공한 돌잡이 아기를 보는 듯한 표정으로, 그녀가 엄지를 들어 보인다. 그런 미소를 언젠가 본 것 같은데 그것이 언제 어떤 상황에서였는지는 알 수 없다. 이어서 그녀가 어깨를 끌어안고 두드리는 동안 은결의 전체 스테이터스는 안정 상태를 찍는다. 가끔씩 인공심장이 누전되는 듯 아려오는 통증은 기계적 손상 때문일 터다. 그럼에도 불구하고 그의 쉼 없는 이진법은 지금의 감각을 잊지 않을 것이다. 그리고 가끔씩 전해지는 그녀와 준교 사이에 흐르는 공기를, 그들 어깨 너머로 보이는 붉은 베고니아를 잊지 않을 테지만, 그것이 그로선 기억할 수 없는 어떤 질문이나 제안에 대한 그녀 나름대로의 대답이라는 사실만은 영원히 알지 못할 것이다.

"그러니까 결국 대학교 연구실에는 가지 않았다고?"

아이는 소르르 내리감기는 눈꺼풀을 비비며 은결에게 묻는다.

"그래서 제가 지금 여기 있는 겁니다."

은결은 줄곧 안고 있던 아이를 침대에 뉘어놓곤 희고 부드러운 차렵이불을 목까지 끌어올려 덮어준다.

"아무래도 몸이 많이 망가져서 연구용으로는 적합하지 않았으니까요. 연구 계획은 철회되었고 당신의 돌아가신 할아버지가 뒤처리에 고생을 좀 하셨습니다."

"아깝다. 그 시대라면 진짜 화제 만발에 인기 끌었을지 모르는데."

"지금에 만족합니다."

"만족이 뭔지 알아?"

"이제는 압니다. 당신의 아버지보다도 오래 살아온 시간이 그저 멋은 아닙니다."

물론 아직 사람처럼 모든 것을, 느낀다는 명확한 인식도 없이 자연스럽게 느끼는 수준에는 이르지 않았다. 아직도 그는 일일이 학습해야 하고 연산의 결과에서 벗어난 모든 것을 새로이 입력해야 하며, 때와 경우에 따라 또는 마주한 사람에 따라 바뀐 생활과 사회와 문화에 따라 기존의 학습 결과와도 맞지 않아서 새 영역 폴더를 설정하여 학습을 추가해야 한다. 또한 일견 쓸데없어진 것처럼 생각되기 마련인 기존의 학습을 완전히 제거해선 안 되며, 동일한 자극에 또 다른 새로운 반응을 추가하거나 반대로 오래전의 반응을 서랍에서 꺼내야 할 필요도 있음을 언제라도 식별해야 한다. 그것이 인간이라는 종의 유전자에 새겨져 전해 내려오는 관계의 행동양식이다.

마르지 않는 샘처럼 보였던 그의 메모리는 이미 포화 상태가 되었고 더 이상 새로운 정보를 습득하기 어려울 것이다. 대학교수였던 아이의 조부는 은결에게서 각종 전문적인 기능을 삭제하여 메모리를 추가로 확보했었지만, 이제 더 이상의 확장 슬롯은 그에게 존재하지 않으며 아이의 조부 또한 이 세상에 없다.

그리고 그는 이제 비용을 감수하고서라도 호환되는 부품이나 회로를 개별적으로 만들기조차 힘든 구식이다. 휴머노이드가 일반 가정에 보급되는 비율만 따지자면 커피메이커나 밥솥과는 다르니 아직까지 보편적이라고 보기는 어려우나, 고가의 제작비에 비해 경제 효율이 떨어지는 점만 해결된다면 지나간 데스크톱 시대나 스마트폰 시대와 마찬가지로 가정 보급은 시간문제로, 인공지능 관련 기술 수준 자체는 이미 특이점에 맞닿은 지 오래다. 그런 상태에서 구식 회로를 다소 건드릴 줄이나마 아는 기술자는 이제 없을 것이다.

은결의 후각과 촉각을 담당하는 인공세포와 신경은 아직까지 살아 있지만, 카메라는 남은 한쪽도 색상이 심하게 번지고 화소가 불량하여 사물의 윤곽 정도나 구별할 뿐이며, 청각신경도 많이 손상되었다. 관절이 망가진 뒤로는 늘 한쪽 다리를 저는 한편 경련하듯이 걸어서 가족이 어딘가를 나가면 꼭 사람들이 힐끔거렸다. 로봇에게 인간과 같은 완전한 이족 보행 기술이 비교적 저렴한 비용으로 실현된 게 언제 적 일인데, 저 로봇의 걸음은 왜 저럴까요. 구식이라서 그럴까요. 아니면 어디가 단단히 고장이라도 난 걸까요. 그때마다 아이는 수군거리는 사람들 앞에 쪼르르 달려가 말했었다. 우리 은결이는 세상에서 제일 비싸고 좋은 로봇이었고 한때는 당신 옆에서 뒤뚱거리는 그 녀석보다 더 빨리 더 올곧게 걸을 줄 알았어요.

"그러면, 행복해?"

그 모든 악조건에도 불구하고 은결은 아직 작동을 멈추지 않았으며, 그는 이토록 오랜 세월이 지난 뒤에야 인간이 말하는 행복이나 아름다움이 무엇인지 어렴풋이 알게 되었다. 이제 소모될 대로 소모된 내장 배터리가 태양열로는 더 이상 충전되지 않더라도, 플러그를 꽂은 채로 예전보다 전원 대기 모드가 턱없이 길어지더라도, 감사가 어떤 것인지 또한 알 것만 같다.

"물론입니다."

"내가 잘 보여?"

아이는 두 손바닥에 은결의 얼굴을 끼고 그의 카메라에 제 시선을 맞춘다. 여덟 살밖에 안 되는 아이지만 준교의 손녀는 머리가 비상하고 눈치가 빠르다. 은결은 눈꺼풀을 두어 번 깜박거리면서 어차피 다시 찾아올 노이즈를 잠깐 걷어낸다. 얼룩덜룩한 형상 안에, 오래전 먼저 떠난 시호를 25퍼센트만큼 닮은 아이의 얼굴이 맺힐 듯하다 이지러진다.

예, 보입니다—와 같은 정직한 단답의 단계를 건너뛰고 은결은 아이의 말 너머에 있는 행간을 읽어낸다.

"예쁩니다."

"다행이다."

아이가 눈을 소르르 감자 양손이 침대로 가볍게 떨어진다.

"나중에…… 이다음에 크면 내가 눈 새로 달아주려고 했는데…… 아직 쓸 만한가 보다. 다행이야……."

"그럼요, 아직 괜찮습니다."

아이가 훗날 자라 그 약속을 실행에 옮기지 못한대도, 그는 괜찮을 것이다. 그는 어쩌면 아이가 자라는 시간을 기다리지 못하고 완전히 멈출 수도 있지만, 반대로 아이가 그보다 먼저 세상을 떠날 수도 있다. 그는 인간의 시간이 흰 도화지에 찍은 검은 점 한 개에 불과하다는 사실을 잘 안다. 그래서 그 점이 퇴락하여 지워지기 전에 사람은 살아 있는 나날들 동안 힘껏 분노하거나 사랑하는 한편 절망 속에서도 열망을 잊지 않으며 끝없이 무언가를 간구하고 기원해야 한다는 사실도 잘 안다. 그것이 바로, 어느 날 물속에 떨어져 녹아내리던 푸른 세제 한 스푼이 그에게 가르쳐준 모든 것이다.

작가의 말

2008년 여름에 읽은 조엘 가로의《급진적 진화》는 레이 커즈와일의《특이점이 온다》와 논조를 같이하는 미래 리포트이다. 전체적인 기조와 논조는 과학기술에 대한 확고한 신념과 한계 없는 기술 진보를 주창하는 것이었고, 그 중간 각 장의 서두마다 '그럼에도 불구하고' 인간 능력과 인간 영혼의 고유성에 대한 변치 않는 믿음을 보여주는 학자들의 인용문이 수시로 나왔다.

이 책에 나오는 다음의 대목이 소설의 발화점이었다.

"래니어(재런 래니어, 가상현실 용어 고안자)의 가장 중요한 관심은 트랜지스터가 아니라 인간 존재 간의 연결성에 있다. 언젠가 이민자들이 도맡아온 편의점이나 드라이클리닝 세탁소의 운영을 로봇들이 떠맡게 된다고 하자. 과연 로봇이 당신이 맡긴 셔츠를 돌려주면서 태국산 가지와 멜론의 씨앗을 끼워 넣어줄 만큼 당신에 대해 잘 알 수 있을까?" -《급진적 진화》, 366쪽

여기에서 '우연히 세탁소에서 일하게 된 로봇'과 '세탁소를 찾아오는 손님들' 그리고 '세탁된 옷 속에 씨앗을 넣어주는 로봇'까지를 러프하게 구상한 뒤 세부 시놉시스를 적어 2010년 말쯤 한 출판사에 건넸을 때 편집부의 반응은 괜찮은 편이었는데, 당시 다른 소설을 진행하기로 최종 결정하면서 세탁소 로봇은 고이 수첩 속에 접어두었다.

무엇보다 그때도 이미 기술은 광속으로 발전하고 있었고 나는 그걸 계산하거나 예측하기는 고사하고 따라잡을 자신도 없는 천생 문과생이었다.

그렇게 묵혀두었다가 작년 10월부터 이 소설을 한국문화예술위원회의 문장웹진에 연재하기로 준비하면서 몇몇 관계 자료를 섭렵했다. 그리하여 기술적으로 때가 늦었어도 상관없고, 사람에게는 영원히 반복되어도 무방한 테마란 게 있는 법이며, 하드SF를 추구하는 게 아니라면 꼭 정확하고 합당한 논리와 풍부한 사실관계에 입각하지 않아도 되리라는 자기합리화를 펼치기

시작. 로봇의 감정 발생 서사는 마르고 닳도록 반복되어온 것인데 거기 하나를 더 보태도 될까 의심스러워하고, 보탠다면 뭔가 획기적으로 다른 방식이어야 하나 싶은 마음에 조심스러워하기도 하면서, 여기까지 천천히 발걸음을 옮겼다.

생경한 분야를 짚어나가느라 도움받은 책들의 목록을 권말에 옮겼다. 해당 도서들의 직접 인용은 없고 개론적인 참고를 했으며, 소설 속 상황이나 설정은 모두 상상과 추측이기 때문에, 어디부터 오류이고 어디까지 맞거나 최소한 그럴듯한지를 알지 못한다.

이 책은 문장웹진 2016년 2~4월에 수록한 경장편소설을 수정 및 증보한 것임을 밝혀둔다.

2016년 가을

구병모

참고도서

마쓰오 유타카, 박기원 옮김, 《인공지능과 딥러닝》, 동아엠앤비, 2015

마이클 가자니가, 박인균 옮김, 《왜 인간인가?》, 추수밭, 2009

미치오 가쿠, 박병철 옮김, 《마음의 미래》, 김영사, 2015

스켑틱 협회 편집부, 《SKEPTIC》 vol.3, 바다출판사, 2015

이재연 외, 《훤히 보이는 지능형 로봇》, 전자신문사, 2008

입케 박스무트, 장병탁 외 옮김, 《커뮤니케이션》, 서울대학교출판문화원, 2014

조엘 가로, 임지원 옮김, 《급진적 진화》, 지식의숲, 2007

한스 모라벡, 박우석 옮김, 《마음의 아이들》, 김영사, 2011

한 스푼의 시간

초판 1쇄 발행 2016년 9월 10일 **초판 26쇄 발행** 2024년 11월 15일

지은이 구병모
펴낸이 최순영

출판2 본부장 박태근
스토리 팀장 김소연
디자인 함지현

펴낸곳 ㈜위즈덤하우스 **출판등록** 2000년 5월 23일 제13-1071호
주소 서울특별시 마포구 양화로 19 합정오피스빌딩 17층
전화 02) 2179-5600 **홈페이지** www.wisdomhouse.co.kr

ⓒ 구병모, 2016

ISBN 978-89-5913-058-0 03810

* 이 책의 전부 또는 일부 내용을 재사용하려면 반드시 사전에 저작권자와
㈜위즈덤하우스의 동의를 받아야 합니다.
* 인쇄 · 제작 및 유통상의 파본 도서는 구입하신 서점에서 바꿔드립니다.
* 책값은 뒤표지에 있습니다.